책 하나의 사건

책

하나의
사건

2024 우주리뷰상
수상작품집

김도형

강우근

김희연

유효인

유희선

강진웅

조연제

이두은

한선규

아작

수상 작품

전장연 시위라는 사건

김도형

『전사들의 노래』

홍은전 지음, 훗한나 그림, 비마이너 기획, 오월의봄, 2023

『출근길 지하철』

박경석·정창조 지음, 위즈덤하우스, 2024

전국장애인차별철폐연대(이하 전장연)의 출근길 지하철 행동은 분명 한국 사회에 있어 하나의 사건이다. 단지 뉴스의 사건·사고 지면을 장식했다는 일상적 의미 때문만은 아니다. 우선 전장연의 지하철 승하차 시위가 장애운동에 대한 유례없는 수준의 대중적인 관심과 담론을 생산했다는 점에서 그렇다. 우리가 사건이라는 개념의 용법에 주로 우발성과 돌발성의 형상을 결부하는 것처럼, 한국 사회는 일상적인 출근길에 급작스럽게 나타난 '불구'의 신체들이 단지 휠체어를 타고 지하철에 탑승하려고 하는 것만으로도 일상의 흐름이 깨지고 지연되는 장면과 마주해야만 했다.

　　나아가 시민들이 마주한 것은 단지 시간적 지연에 따른 불편함만이 아니다. 이들 앞에 펼쳐진 것은, 휠체어를 탄 중증장애인들이 서울교통공사 직원들과 동원된 경찰 병력에 지하철 탑승을 저지당하자, 휠체어에서 내려 바닥을 기어가며 이동권을 포함한 자신들의 기본권을 보장할 것을 외치는 장면이다. 최근 들어 전장연은 이러한 투쟁 방식을 불교에서의 예경 방식인 오체투지(五體投地)에 빗대 기어갈 포(匍) 자를 사용하여 포체투지라 명명한다. 신체의 다섯 부위가 온전히 지면에 닿는 것이 불가능한 존재들이 자기 신체를 말 그대로 지면에 내던져 가며 출근길 지하철에 탑승하고자 할 때, 이는 동료 시민들에게 그들이 결코 일상에서 상상조차 할 수 없는 낯섦을 불러일으키는 돌발적인 장면이다.

이 직접행동에 대해 언론과 정치인들의 관심이 쏟아지는 한편, '평범한 시민'들을 '볼모'로 잡는 '비문명적' 시위라는 비판도 이어졌다. 이러한 비판을 제기한 당시 여당 대표와 박경석 전장연 대표의 공개 토론은 생중계가 됐다. 하지만 전장연 시위가 사건이었다는 점을 보다 분명히 드러내는 것은 순식간에 끌린 세간의 이목보다도 오히려 그 직후 다시금 부지불식간에 사그라진 관심이다. 주로 시위의 취지에는 공감하면서도 방식의 과격성을 문제 삼았던 사람들은 서울교통공사 직원들이 경찰 병력과 함께 전장연 활동가들의 역사 내 출입 자체를 봉쇄하면서 출근길의 불편이 해소되자 복구된 일상에 익숙해졌다. 제도권은 2025년 현재까지도 지속되고 있는 지하철 행동을 더 이상 정치적으로 공론화하지 않는다.

이처럼 전장연 시위를 둘러싼 담론이 단지 그 수단이 초래한 일상의 불편함 수준만으로 축소된다는 것은, 사회 내 대다수가 포체투지라는 행위와 시위 전반에 내포된 다층적인 의미에 굳이 주목하거나 이를 이해하려 하지 않는다는 점을 보여 주는 일종의 징

김도형

후다. 사건이란 본디 일상으로는 환원될 수 없는 절대적 독특성을 기반으로 한 것이다. 사건만이 지니는 독특하기에 충만한 의미는 기존 의미 지평과는 통약 불가능하며, 이것이 사건을 우발적이고 예측 불가능하게 만든다. 따라서 진정한 의미에서의 사건은 사건이 발생한 시점에는 사건으로 인식될 수 없다. 사건 이후에 촉발된 일련의 변화들로 인해 우리의 인식 지평이 이를 이해할 수 있도록 재편된 후에야 뒤늦게 사건은 사건이었다고 회고될 뿐이다. 해당 시점에는 단지 이해 불가능성에 동반되는 증상만이 나타난다. 출근하기 위해 지하철을 타고 있던 비장애인이 예측할 수 있는 범위를 한참 벗어나 지하철 바닥을 기어가고 있는 중증장애인의 신체와 마주했을 때의 당혹감과 어찌할 줄 모름처럼 말이다.

진보적 장애운동 활동가 여섯 명의 생애를 기록한 『전사들의 노래』와 박경석 전장연 대표가 장애운동 전반의 역사와 생각을 기록한 『출근길 지하철』은 비장애인의 시선에서는 가늠조차 할 수 없는 이들의 경험을 담고 있는 생애사이자 투쟁운동사이다. 우리가 포체투지의 장면과 마주했을 때 느끼는 당혹감의 근원이 일차적으로 이 장면을 설명할 수 있는 언어의 부재에서 오는 낯섦에 있다면, 이 두 책은 해당 장면이 한국 사회에 상연되기까지의 역사적 맥락을 각 활동가의 시선에서 재구성한다. 따라서 이 두 권의 책을 읽어 내려간다는 것은 비장애인 중심의 경험에만 한정되었던 인식 지평에 균열을 가하는 행위일 수밖에 없으며, 전장연의 지하철 행동을 비롯한 장애운동 전반에 내포된 의미들을 포착하기 위한 언어를 획득해 나가는 과정이다.

이에 이 글은 이중의 궤적으로 전개될 것이다. 한편에서는 전장연 시위에 대한 담론이 한국 사회에 형성됨에 있어 이 사건의 다층성과 복잡성이 어떻게 평면화되는지에 관한 세 가지 동학을 제시한다. 사람들은 마치 전장연 시위가 갑자기 등장한 일회적 사건인 것처럼 운동 주체들의 역사성을 탈각하고, 이들의 다면적이고 연결된 사회 변화에 대한 요구들을 단지 이동권 요구에 국한된 것처럼 단면화하며, 여전히 이들을 권리의 정치적 주체가 아닌 시혜와 동정의 대상으로 축소한다. 다른 한편에서 이 글은 이 세 가지 평면화 경향에 맞서 『전사들의 노래』와 『출근길 지하철』이 제시하고 있는 대항 서사를 재구성한다. 따라서 이 글은 이 두 책을 읽어 나갈 수 있는 세 가지 관점을 제안하며, 이를 통해 장애운동 전반이 어떻게 우리가 세상을 사고하고 감각하는 일상적 방식에 파열을 가하는지 살펴볼 것이다.

장애운동의 역사

대중적인 시선에서 전장연의 지하철 행동이 우발적인 사건으로 인식된다는 점은 해당 투쟁의 역사적 맥락에 우리가 무심하다는 걸 방증한다. 달리 말하면, 전장연을 비롯한 장애운동 전반에서 벌여 온 투쟁의 역사를 통해서만 우리는 이들의 기본권 요구가 제도권 정치와 언론으로부터 얼마나 외면받아 왔고 따라서 왜 하필 출근길 지하철역에서 지하철 승하차 시위를 벌일 수밖에 없었는지를 반추할 수 있지만, 이에 대한 우리의 무관심은 이를 단지 일상에서 맞닥뜨려야만 했던 예기치 못한 사건으로 바라보게 만든다.

김도형

사실 장애운동 역사에서 이동권 투쟁은 20년을 넘게 거슬러 올라가야 한다. 『전사들의 노래』에서 인터뷰 대상자 중 한 명인 활동가 이규식은 사람들이 매일 아침 지하철 엘리베이터를 이용하는 모습을 보면서 다음과 같이 회고한다. "그 엘리베이터가 우리가 이렇게 욕을 먹어가면서 만든 건 줄도 모르고 우리한테 병신이 집에 있지 왜 아침부터 나와서 남의 출근길을 막느냐고, 자기들 늦은 걸 어떻게 책임질 거냐고 고래고래 소리 질러요."(『전사들의 노래』, 236쪽) 혜화역에 현재 설치되어 있는 엘리베이터는 그가 1999년 혜화역에서 리프트를 타다 추락한 사고 이후에 설치되었다. 당시 서울지하철공사는 이를 개인의 과실로 무마하려 했지만, 그가 소속되었던 교육 공간인 노들장애인야학을 기반으로 이루어진 시위와 법적 손해배상 청구를 통해 법원은 이를 기관의 책임으로 인정했고 추후 엘리베이터의 설치로 이어졌다.(『전사들의 노래』, 211쪽) 이후 2001년 1월 4호선 오이도역에서 장애인 부부가 타던 리프트가 추락해 사망한 사건을 기점으로 장애운동에서는 장애인이동권연대를 설립하여 국가 기관에 맞선 투쟁을 이어 나갔고 결국 2005년 '교통약자의 이동편의 증진법'을 통해 이동권을 법률화하는 성과를 일궈 냈다.

　　이 과정에서 이들은 서울역, 시청역, 광화문역 등의 선로를 여러 차례 점거했는데, 2002년 9월 11일에는 "장애인들이 쇠사슬을 걸고" 시청역 선로에 직접 내려가 "한 시간 이상 버티며" 지하철의 운행을 막는 시위를 벌였고 당시 76명이 연행되었다.(『전사들의 노래』, 284쪽) 이 지난한 과정의 반복 끝에 법적 근거가 마련되었음에도 현재까지 서울시의 저상버스 도입 비율은 60퍼센트를 겨우 웃

돌고(이는 마을버스를 제외한 수치이다), 광역시는 30퍼센트에 그친다.(『출근길 지하철』, 44쪽) 이들은 인간이자 시민으로서의 기본권을 보장받기 위해 2006년 이후부터는 전장연이라는 진보적 장애운동의 연대 투쟁 단체를 구성하여 쉴 새 없이 싸워 왔다. 하지만 지하철 승하차 시위에 대한 흔한 반응에서 알 수 있듯, 이들의 투쟁의 역사는 한국 사회에서 공적인 관심의 대상이 되지 못한다. 활동가 박경석은 다음과 같이 회고한다.

> 그전까지 우리는 어마어마하게 다양한 방식으로 싸워왔어요. 청와대나 국회는 당연히 수도 없이 갔고, 사람들이 상상할 수 있는 거 이상으로 할 수 있는 모든 건 다 해봤죠. 그런데 그렇게 싸워봐야 신경 쓰는 사람이 있기나 했나? 맨날 두들겨 맞아서 대가리 깨지고, 머리 밀고, 바닥에 기고, 며칠을 굶으면서 싸워도 보고. 그렇게 우리 존엄성까지 다 포기해가며 싸웠는데 관심은 무슨. 우리 같은 사람들 투쟁 현장에는요, 웬만해선 기자 하나 오질 않아요. 장애인들 비참하게 죽어나가 봐야, 그냥 "아이고 불쌍하다" 해주면 끝인 게 지금 현실이잖아. 그런데 우리가 출근길에 딱 하고 나타나니까, 이제 와서 갑자기 사회 전체가 난리가 난 거야.(『출근길 지하철』, 29쪽)

공론화된 담론 내에서 전장연의 지하철 행동을 비롯한 장애운동 전반을 '전장연 시위'라는 표현으로 쉽게 일괄하는 현상은 결국 이들의 지하철 승하차 시위 이전의 역사성을 박탈하고, 나아가 관심이 돌아선 이후에도 현재까지 지속되고 있는 투쟁의 현행성을 박탈한다. 이들은 2021년 12월 3일부터 현재까지 매일 아침

김도형

지하철 선전전을 진행하고 있으며 지난 2024년 6월 3일부터는 포체투지를 100일 동안 서울 곳곳에서 진행한다고 밝혔다. 하지만 역사를 부여받지 못한 사건은 한 사회 내의 서사로부터 배제되며, 이는 우리가 지하철 행동을 단지 단발적이고 예외적인 사건이었다고 사고하게끔 한다.

　　장애운동의 역사성을 등한시하는 것은 나아가 해당 투쟁 현장의 간과할 수 없는 다면성을 단면화하는 것이고, 복잡성을 평면화하는 것이다. 달리 말하면, 우리가 일상적으로 '전장연 시위'를 떠올렸을 때 가지는 장애운동에 대한 평면적인 이미지와 달리, 장애운동의 역사성은 우리로 하여금 투쟁 내부의 복합적인 갈등의 역사와 마주하게끔 한다. 『전사들의 노래』를 통해 우리는 장애운동과 관련해 손쉽게 떠올리는 전장연 대표 박경석이라는 인물뿐만 아니라, 개개인의 생애사와 투쟁운동사를 구술하고 있는 운동의 여러 주체들을 만나게 된다. 각 지역의 공동체를 통해 스스로가 기본권을 주장할 권리가 있는 정치적 존재라는 것을 인식하며 변해 가고, 투쟁 방식과 주요 쟁점 등의 차이를 바탕으로 갈라지거나 연대하기도 하는 운동의 다발적인 역사를 품은 존재들과 말이다. 예컨대 장애여성공감을 만들어 "장애여성들이 목소리를 내고 자기의 언어를 만들어갈 수 있는 문화운동"을 펼쳤던 활동가 박김영희는 2001년 장애인이동권연대의 공동대표 제안을 수락하면서 겪었던 "여성운동 문화와 이동권 투쟁의 문화" 사이의 충돌에 대해 회고한다.(『전사들의 노래』, 100-104쪽) 대구에서 투쟁판을 조직하는 활동가 노금호는 전장연 운동이 상징하는 급진성과 "낭만"과 달리 현실에 뿌리박힌 "삶의 어떤 지긋지긋함"이 가려지면서 생기는 일종의 "박탈감"을 느낀다고 구술한다.(『전사들의 노래』, 356-357쪽) 이러한 내적인 차이와 불화들은 우리가 장애운동의 역사성을 간과하지 않을 때 비로소 나타난다.

권리들의 분리 불가능성

박경석은 장애운동의 가장 중요한 순간 세 가지로 2001년 이동권 투쟁, 2006년 활동지원서비스 제도화 투쟁, 2009년 탈시설 투쟁을 꼽는다.(『전사들의 노래』, 287-288쪽) 그는 이후 장애등급제 폐지를 비롯해 장애인의 노동권을 새롭게 정의하는 '권리 중심 중증장애인 맞춤형 공공일자리'로까지 투쟁의 전선이 확대되었다고 이야기한다. 사실 2021년 12월부터 시작된 지하철 행동도 결코 이동권 하나만 주장한 적은 없었다. 이들은 언제나 활동지원서비스, 탈시설, 장애등급제 폐지, 노동권 등 다양한 전선을 바탕으로 장애인권리예산을 보장하고 기존 법률에 대한 개정안을 입법할 것을 요구했다. 그러나 '전장연 시위'라는 이름으로 단순화된 대중적 인식 속에서 이들의 복잡한 전선은 단지 지하철에의 접근성에 대한 요구로 평면화되었다.

하지만 이들이 주장하는 권리들의 목록을 다시금 살펴본다면, 이는 모두 시민으로서 당연히 보장받아야 하는 기본적인 권리이면서도 동시에 인간으로서의 생존이 걸린 더욱 직접적인 문제임을 알 수 있다. 예컨대 활동가 박길연이 구술하듯 활동지원서비스를 24시간 보장하지 않는 건 어떤 이에게는 제때 대소변을 처

김도형

치해 주지 않아 욕창이 심해져 죽음과 직결될 수도 있는 문제이다.(『전사들의 노래』, 56쪽) 한편, 코로나19 팬데믹 기간에 사회적 거리 두기로 인해 지원 서비스가 중단되면서 과중하게 지워진 돌봄 노동의 부담은 장애인 가족 살해 사건으로 이어졌다.(『출근길 지하철』, 99쪽) 이에 탈시설을 보장하라고 장애운동에서 주장할 때 마주하는 가장 큰 반대 중 하나는 "거주시설에 장애인 자식들 둔 부모들"로부터 나온다.(『출근길 지하철』, 93쪽) 따라서 탈시설의 문제와 활동지원서비스 보장의 문제는 깊게 맞닿아 있다. 나아가 이동권의 문제는 한 사회에서 개인이 기본적으로 누려야만 하는 다른 권리들과 불가분하다. 즉, 2020년 기준 장애인 중 37.5퍼센트의 최종 학력이 여전히 초등학교 이하인 것이나 전체 장애인 중에서 경제 활동 인구가 37.4퍼센트밖에 되지 않는 것은 교통편에 제한된 접근성과 전혀 무관하지 않은 것이다.(『출근길 지하철』, 48쪽)

두 책의 저자인 활동가들이 공통으로 지적하는 것은 장애인들이 겪는 기본권 침해가 결코 법률이나 정책을 하나하나 시정한다고 해서 완전히 해결될 문제가 아니라는 점이다. 이들은 더욱 근본적으로 사회 전반이 비장애인을 중심으로 짜였다는 사실을 지적한다. 거시적으로는 사회적 제도와 관계를 구성함에 있어서, 미시적으로는 한 식당의 입구를 설계함에 있어 휠체어의 접근성을 고려에서 배제하는 것과 같은 문제가 드러내 보이는 비장애중심주의는 우리가 굳이 주의를 기울이지 않는다면 숨 쉬듯 반복된다.

이러한 비장애중심주의는 나아가 한국이 이윤 생산을 멈추지 않으려는 자본주의 사회이며 따라서 생산성 있는 유용한 신체를 우선시한다는 점과 무관하지 않다. 이에 박경석은 출근길 지하철 행동이 사회적으로는 "컨베이어 벨트가 열심히 굴러가고 있는 데, 그 톱니바퀴에 이쑤시개가 하나 끼어버린" 상황으로 받아들여지고 있다고 해석한다.(『출근길 지하철』, 35쪽) 매일 아침 지하철이라는 컨베이어 벨트를 타고 정시 출근해야 하는 사람들이 마치 '볼모'로 잡힌 것처럼 표현되고 서울교통공사는 한발 나아가 지하철 행동이 끼친 사회적 손실을 액수로 환산해서 발표하지만, 정작 장애인들이 일상조차 누리지 못하면서 고통받아 온 "평생의 시간은 비장애인들 1분의 시간만큼도 가치가 없는" 것처럼 받아들여진다는 것이다.(『출근길 지하철』, 32쪽) 생산성 있는 신체의 효율적인 노동 시간은 항시 보장되어야 하고 국가는 이를 위해 사회 기반 시설과 새 산업 분야에 제때 적극적인 투자를 하지만, 장애인의 기본권 보장을 위한 사회 구조 마련에는 속도가 더딘 이유로 언제나 국가 예산과 사회적 비용이 거론되는 것과 마찬가지로 말이다.

이에 박경석은 자신들의 요구와 투쟁이 언제나 사회적으로 규정된 '정상인'의 속도와 시간을 멈추는 방향으로 조직되어 왔던 것 같다며 다음과 같이 구술한다.

우리가 그동안 정말 다양한 의제들을 걸고 싸워왔잖아요. 장애인 이동권 보장에서부터, 교육권 보장, 활동지원서비스 보장, 탈시설, 자립할 권리 보장, 노동권 보장 등등등. 이런 것들은 대부분 지금 당장 법이나 제도를 바꿔내고, 예산을 적절한 수준만큼 확보하는 거가 단기적 목표긴 하죠. 그런데 그게 절대로 끝이 아니에요. 이 투쟁의 의미는 사실 더 넓은 차원에서도 발견이 되는 거거든.

서로 다른 속도를 가진 사람들의 존재를 이 사회가 감각하게 하는

김도형

거, 이 사회에 통용되는 속도라는 거가 얼마나 문제적인지를 드러내는 거 자체에 사실은 더 큰 의미가 있는 거지.(『출근길 지하철』, 329-330쪽)

이렇게 단지 정책 하나만이 아니라 사회관계 전반을 장애운동이 변혁하고자 할 때 사실상 이들의 요구는 모두 분리 불가능해진다. 나아가 이는 '정상인'의 속도와 시간을 규정하는 사회적 규범에 종속되어 있는 장애인들뿐만이 아니라 비장애인들의 권리와도 분리 불가능해진다는 것을 의미한다. 이는 단지 어떤 비장애인도 손상을 입어 장애를 얻을 위험에서 벗어나지 못한다는 일차적인 사실뿐만이 아니라, 모두가 각자의 맥락에서 겪는 다양한 차별 양상들이 공통된 사회 구조에서 기인한다는 점에서 그러하다. 전장연 활동가들이 2023년에 서울교통공사 노동자들의 파업을 지지하며 연대 제안을 했던 것도 이와 같은 맥락이다. 박경석의 말처럼 "장애인들이나 서교공[서울교통공사] 노동자들이나 각자의 조건과 투쟁, 심지어 우리들 간의 싸움 안에서 이 사회 전체의 메커니즘을 발견하게 되면은 그제야 연결되는 지점이 보이기 시작"하는 것이다.(『출근길 지하철』, 300쪽)

시혜의 대상으로부터 권리의 숭고한 주체로

이처럼 전장연의 지하철 행동은 우리가 역사와 사회를 생각하는 당연해진 방식에 파열을 가한다는 점에서 사건이지만, 사건의 더욱 직관적인 의미에 부합하는 시위의 장면을 선정해야 한다면 포체투지를 언급하지 않을 수 없다. 중증장애인의 신체가 지하철 바닥을 기어가며 자신의 권리를 주장하는 장면과 마주할 때 우리는 말로 형용할 수 없는 낯선 당혹감을 느끼게 된다. 이는 우리가 출근길 지하철에서 볼 것이라고는 상상조차 할 수 없는 장면이라는 점에서 일차적으로 그러하다. 하지만 보다 근본적으로는 도로나 바닥 위를 기어가는 행위가 흔히 상대 앞에서 스스로 인간의 존엄성을 포기하는 굴욕적인 방식으로 흔히 이해되는 것과 달리, 포체투지의 장면에서 이들은 당당히 시민으로서 자신의 기본권을 주장한다는 점에서 생기는 괴리감과 이질감 때문일 것이다. 누군가가 자신의 앞을 기어간다면 동정심이나 우월감을 느낄 것이라 기대하기 마련이지만 그러한 기대와 상반되는 장면이 펼쳐질 때 우리는 낯선 당혹감을 느끼게 된다. 박경석은 포체투지에 있어서 이러한 일상적 구도의 전복이 어떻게 기어가는 행위를 저항의 몸짓으로 전용하는지를 다음과 같이 구술한다.

> 장애인이 긴다는 건 그동안 이 사회에서 장애인들이 자기 불쌍함을 부각해서 동정을 이끌어내는 방식이었죠. 실제로 장애인들이 먹고 살려고 구걸을 할 때 그렇게 많이 하기도 했고. 그런데 긴다는 게 장애인들이 싸우는 수단이 되는 순간, 이 긴다는 행위의 성격 자체가 바뀌어요. 구걸하는 거에서 이 사회 질서에 저항하는 거로 바뀌고, 그거는 이제 더 이상 '불쌍'해 보이기만 하는 게 아니라 '불온'해 보이는 거야.(『출근길 지하철』, 333쪽)

애초부터 포체투지와 전장연의 지하철 행동, 나아가 장애운동 전반의 목적이 대중들의 공감과 동정을 유발하는 것에 있다는 생각은 우리의 안일한 착각일 수 있다. 분명 기어가는 행위는 활동 당사자들에게도 수치스러운 행위이지만 이들은 "생존을 위해 최후의 보루"로 남아 있는 자기 몸을 내던지면서 자신의 권리를 주장한다.(『전사들의 노래』, 108쪽) 이 권리 주장은 나아가 단지 기존의 권리 목록을 단순히 답습하면서 정부에 이를 반영할 것을 행정적으로 요구하는 차원의 주장이 아니다. 보다 근본적으로 이는 한 사회 내에서 권리를 생각하는 기존 방식을 변화시켜야 한다는 주장이며, 이를 국가와 동료 시민들 앞에서 정당화하려는 주장이다. 이들은 이동권과 활동지원서비스 보장 등의 요구들이 단지 복지 정책의 일환으로 채택되는 것을 넘어서서 자신들의 인간다운 삶과 존엄성을 보장받기 위한 기본권이자 사회가 모두를 위해 의무적으로 마련해야만 하는 기본 구조로서 받아들여져야 한다고 주장한다. 이는 비장애인 중심으로 권리를 생각해 온 우리의 일상적 사고 방식의 변혁을 요구하는, 따라서 새로운 권리의 목록을 생산하고자 하는 급진적 주장이며 자신들의 주장이 사회가 정당히 받아들여야 하는 요구라는 것을 이들은 온몸으로 상연하고 있다. 자신들이 시혜의 대상이 아닌 권리의 주체라는 사실을 말이다.

결국 이들은 스스로 신체적 존엄성을 내던지는 바로 그 행위를 통해 역설적으로 자신 또한 동료 시민에게 기존의 권리 체계가 정당한지 논의해 보자고 요구할 수 있는 권리를 지닌 자율적 존재라는 사실을, 인간이자 같은 정치 공동체에 소속된 시민으로서 지닌 존엄성을 증명해 보인다. 기어가는 몸짓에 권리 주장이 체현된 이러한 장면 앞에서 우리가 느껴야 할 것은 동정이 아니라 숭고다.

우리가 포체투지 장면을 바라보며 일차적으로 느낄 수 있는 두려우면서도 낯선 당혹감은 이들 또한 권리의 정치적 주체라는 점을 인식하면서 느끼는 숭고함으로 지양되어야 한다. 이렇게 포체투지는 기어가는 행위의 의미가 단지 동정의 몸짓에만 국한되던 기존 시선을 깨트리고 정치적 주체의 숭고한 몸짓으로 이를 전용하는 전복적 행위가 된다.

사건의 시간

역사를 결여한 것처럼 보이는 존재들이 자신들이 투쟁해 왔던 역사를 몰고 출근길에 등장해 지하철을 멈춰 세운다는 점에서, 정책 하나만이 아니라 사회관계 전반의 변혁을 내포하는 주장을 들고 나온다는 점에서, 단지 시혜의 대상이었던 존재들이 자신들 또한 권리를 위해 온몸을 던질 수 있는 숭고한 정치적 주체임을 보인다는 점에서, 전장연 시위는 분명 사건이다. 또한 이를 통해 소위 '평범'한 일상에 충격을 가했고 그 충격의 징후들은 다양한 형태로 발현되었으나, 동시에 이것이 어떤 의미에서 사건인지를 표현할 수 있는 언어는 사회적으로 부재했다는 의미에서, 전장연 시위는 분명 사건이다. 이러한 양가적 서술은 사건에 언제나 동반된다. 사건은 우리가 세상을 사고하고 감각하는 일상적 방식과 불화하면서, 이를 설명하기 위한 새로운 언어와 그 언어의 등장이 내포하는 일상의 변화를 요구한다. 이를 비장애인 중심의 경험에서 비롯된 기존의 사고 체계로는 설명할 수 없기 때문이다.

김도형

따라서 전장연 시위라는 사건은 현재에 균열을 가하고 미래의 변화를 요구하지만, 동시에 이를 사건으로서 한 사회가 언명할 수 있게 되기까지는 시간이 요구되며, 이러한 언명은 언제나 우리가 새로운 언어와 삶의 방식을 고안해 낸 이후에야 회고적으로 이뤄진다. 결국 이 두 권의 책에 대한 서평을 써낸다는 것은, 나아가 전장연 시위를 하나의 사건으로 명명하면서 이 서평을 시작하고 끝낸다는 것은 이를 사건으로 볼 수 있게끔 우리의 인식 지평을 변화시키려는 하나의 수행적 행위이자 요청일 수밖에 없다. 이 두 권의 책, 그리고 나아가 장애운동 전반과 마찬가지로 말이다.

김도형
박사 과정생. 정치사상과 비판이론을 현실과 서로 비추며 공부한다. 민주주의와 자본주의, 그리고 시간에 대해 읽고 쓰며 생각한다.

이 두 권의 책에 대한 서평이 쓰여야만 한다는 생각에 이 글을 쓰기 시작했다. 현재까지도 지속되고 있는 투쟁에 같은 정치공동체에 속한 구성원으로서 응답하고 공론화를 이어가고 싶었다. 단순 요약과 서평자의 자기주장 사이에서 균형을 맞추는 작업이 서평의 본질이라고 한다면, 이 서평에서 나는 내가 두 책을 읽어 내려간 방식을 공유함으로써 미래의 독자들을 초대하고 또 다른 응답들을 생산하는 데에 기여하고 싶었다. 이 글에 동의하든 하지 않든 두 책에 관한 대화와 논쟁이 이어졌으면 한다.

이와 별개로 내 글은 많은 면에서 부족하다고 생각한다. 고등학교 3학년 때 국어를 가르쳤던 담임선생님이 왜 이렇게 글을 못 쓰냐고 농담 반 진담 반으로 나무란 적이 있었다. 아마 교내 백일장 직후였던 것 같다. 나는 그때나 지금이나 아직도 나에게 글재주는 없다고 생각한다. 언젠가 내 글에서는 '땀냄새'가 난다고 표현해 주신 분이 계셨는데, 없는 글재주를 메우려 항상 최대한 깊고 넓게 생각하며 글을 써왔다. 지금, 이 글도 마찬가지다. 수상 소식을 전해 들은 직후 다시 읽은 내 글은 너무나 투박하고 엉성하다. 문체의 앙상함을 감추려 생각의 복잡한 타래를 얼기설기 얽어놓았다. 부족하지만 이 글을 읽어봐 주시고 선정해 주신 심사위원분들과 공모전을 개최하고 지면을 내어주신《서울리뷰오브북스》에 감사

김도형

하다는 말씀을 드린다. 아울러 공부를 같이 해나가는 여정에서 정치적 현상에 대해 이론적이며 동시에 비판적으로 사고하는 글은 어떤 형태여야 하는지 같이 고민해 주신 선생님들과 동료 연구자 분들께도 감사하다는 말씀을 드린다. 이 글에서 부분부분 우리가 해왔던 대화와 고민의 흔적이 읽혔으면 좋겠다.

일상적인 것은
어떻게 예술이 될까

강우근

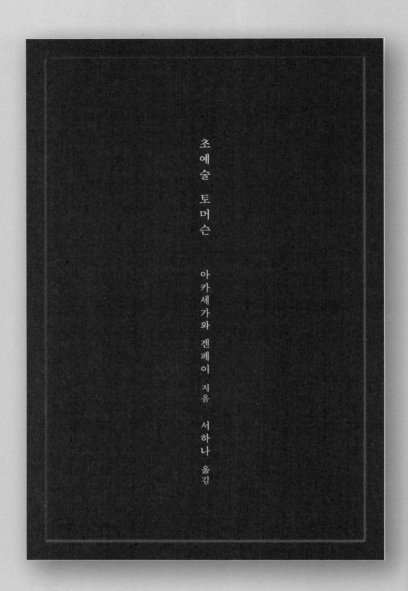

『초예술 토머슨』
아카세가와 겐페이 지음, 서하나 옮김, 안그라픽스, 2023

미국의 미술평론가 아서 단토(Arthur Danto)는 뉴욕의 스테이블 갤러리에서 세제 브랜드 브릴로(Brillo)의 로고가 적힌 상자를 쌓아 놓은 작품을 본다. 그 상자는 많은 관객이 비난했던 앤디 워홀의 작품 〈브릴로 박스(Brillo Boxes)〉(1964)였다. 그러나 아서 단토에게 앤디 워홀의 해당 작품은 어떤 것이 일상적 사물과 예술품을 구별하는 기준인지 질문하게 했다. 아서 단토는 일상적 사물이 예술품이 되기 위해서는 새로운 '관계성'이 필요하다고 주장한다. 슈퍼마켓의 냄비 세척제 상자만 보고는 예술품이라고 말하기 어렵지만, 워홀의 〈브릴로 박스〉는 "우리가 살고 있는 이 세계에 대해, 우리 자신에 대해 그리고 이 세계에 대한 우리의 지각 작용에 대해 존재하고 있다고"* 본 것이다.

---

* 미하엘 하우스켈러, 이영경 옮김, 『예술이란 무엇인가?』(철학과현실사, 2004), 155쪽.

초예술 토머슨이라는 이름 짓기

아서 단토의 이론으로부터 떠오른 예술가는 『초예술 토머슨』을 쓴 아카세가와 겐페이(赤瀬川原平)이다. 일본의 현대미술가이자 소설가인 겐페이는 어느 날 동료들(미나미 신보, 마쓰다 데쓰오)과 길을 걷다가 계단을 발견한다. 그 계단은 어떤 통로로도 이어져 있지 않아 순수하게 오르내리기만 할 수 있는 목적성을 상실한 계단이었다. 겐페이와 동료들은 그 계단에 '순수 계단'이라는 이름을 붙이며 계단이 놓인 이유를 상상하기 시작한다. 순수 계단은 창문 아래에 위치해 있는데, 계단에서 창문을 열고 건물 내부로 뛰어드는 사람을 생각하면 우스워지고 마는 것이다.

그 의문점과 낯섦에서 아서 단토가 말하는 일상적 사물이 예술품이 되는 관계성이 발생하기 시작하는지도 모른다. 순수 계단을 통해서 겐페이는 '쓸모없는 것의 대명사'로 불리는 야구선수 게리 토머슨을 떠올린다. 토머슨은 고액 연봉을 받으며 일본의 프로야구팀에 입단했지만 헛스윙만 이어가며 끊임없이 삼진을 당하고, 결국 벤치에 앉게 된 용병 선수의 이름이다. 야구선수 토머슨과 순수 계단 같은 무용한 사물을 연결하면서, 겐페이는 "더 이상 쓸모가 없지만 건축물에, 또는 길바닥에 부착되어 그 환경의 일부로 보존된 구조물"(출판사 소개글)을 예술을 초월하는 '초예술 토머슨'이라고 선언한다.

강우근

순수 계단.(출처: 안그라픽스 제공, 사진: 아카세가와 겐페이)

무용한 사물이 행위하고 있는 것

'초예술 토머슨 찾기'는 거리의 낯섦을 찾는 데서 시작했지만, 겐페이는 초예술 토머슨으로 불리는 무용한 사물을 여러 종류로 분류하고 세분화한다. 그 과정에서 아서 단토가 "어떤 사물이 한낱 사물에 불과한 것이 아니라 예술품이라는 것을 확인하기 위해 예술가가 그것에게 부여한 관계성에 대해 알아내야"* 한다는 말이 떠오른다. '쓰러지기 직전의 문'이나 '사라진 가게의 간판', '아주 약간의 눈비만 막을 수 있는 차양', '돌아가지 않는 문', '땅 위에 굳

---

* 같은 곳.

어 버린 돌기둥' 들은 초예술 토머슨이라는 이름하에 새롭게 보이게 된다. 그리하여 초예술 토머슨들은 무분별하게 건물을 허물고 짓는 자본주의 시장에서 밀려난 사물로 새로이 의미화된다. 이전에는 중요한 가치를 가졌을지 모르지만, 지금은 실용적인 용도를 잃은 채로, 그러나 삭제되지 못한 채 초예술 토머슨은 남겨졌다.

쓸모없는 존재로만 보였던 초예술 토머슨은 거리 곳곳에서 시간을 버티며 심지어는 행위하는 것처럼 보인다. 하나의 사물이 가지고 있는 흔적에는 언제나 상상력을 불러일으키는 이야기가 있기 때문이다. 나는 사물이 우리에게 이야기하는 방식을 떠올리면, 중학교에 올라갔을 때 버렸던 작은 책상이 떠오른다. 그 책상은 아버지가 할아버지의 유품으로 받은 것이었는데, 홈집이 많이 나 있었고 서랍을 열 때마다 삐걱거리는 소리가 났다. 서랍의 모서리는 마모되어 여닫을 때 아귀가 잘 맞지 않았다. 중학교에 올라가면서 나는 공부를 잘하기 위해서는 할아버지에게 물려받은 작은 책상보다는 독서실 책상과 같이 책을 여러 권 올려둘 수 있는 큰 책상이 필요하다고 생각했다.

그렇게 바깥에 내놓인 작은 책상은 몸집이 작은 할아버지를 상상하게 했다. 할아버지의 책상은 성인이 되어서도 내 눈앞에 종종 나타난다. 서랍을 여닫을 때마다 아귀가 잘 맞지 않아 나고는 했던 소리가 떠오르고, 그 소리는 오래된 악기처럼 이탈되고 아름다운 음을 들려주고는 한다. 그 작은 책상의 행위성은 과거에서부터 지금까지 이어져 온 특정한 사건을 담지하고 있다. 사물이 사라지지 않는 흔적이 되어 내게 말을 거는 방식이다.

겐페이는 "2층짜리 목조 주택이, 마치 꾹 눌렀다가 떼어내는

강우근

원폭 타입 1호.(출처: 안그라픽스 제공, 사진: 아키야마 가쓰히코)

인감도장처럼"(55쪽) 사라진 흔적을 가지고 있는 벽면을 발견한다. 그 벽면을 두고 히로시마가 떠오른다면서 초예술 토머슨의 한 종류로 "원폭 타입이라는 이름을 붙이면 너무 심할까?"(57쪽) 고민한다. "히로시마에 원자폭탄이 투하되었던 그 시각, 시내 은행의 돌 층계에 앉아 있던 사람이 타서 그림자로"(57쪽) 남은 것처럼. 2층 건물이 사라지고 난 뒤에 자국으로 남은 초예술 토머슨의 벽면은 원래 존재했던 세계의 기억을 상기한 채로 그 자리에서 버티고 있는 것이다. 타의적으로 쉽게 사라지는 것으로부터 초예술 토머슨은 저항 행위를 하고 있다.

나는 한때 폐기물 스티커를 발행하는 업무를 한 적이 있다. 스물한 살에서 스물세 살 동안에 사회복무요원으로 주민센터에서 근무하던 때였다. 폐기물 스티커는 더 이상 집 안에서 쓰지 않는 폐기물을 바깥에 버릴 때 붙이는 것이다. 폐기물의 종류와 크기에 따라서 다르게 가격이 측정되는 스티커를 판매하면서 나는 몇 가지 곤욕을 겪어야만 했다. 폐기물이 며칠째 수거되지 않았다는 민원인과 이미 그 폐기물이 수거되었다는 수거팀 사이에서 전화기를 붙잡고는 했다. 못 본 사이에 스티커가 붙은 폐기물이 수거 차량에 실린 채로 거리를 빠져나왔을 수도 있으니까. 나는 민원인에게 마지막으로 폐기물을 본 것은 언제인지 묻고는 했다.

　　이제 와 생각해 보면 그 '폐기물 스티커'는 하나의 낙인과도 같은 역할을 하고 있는 게 아닌지 되묻게 된다. 폐기물 스티커가 붙은 사물은 단순히 바깥에 내놓은 사물이 아닌, 비용이 발생해서 곧 수거가 될 수밖에 없는 사물이 된 것이다. 지금의 나는 스티커를 제거하고 바깥에 나온 사물의 용도를 새롭게 발견해서 자신의 집으로 데리고 온 사람을 상상해 보고 싶다.

　　어쩌면 '초예술 토머슨'이라는 이름은 '폐기물 스티커'와는 완전히 반대의 형식을 하고 있는지도 모른다. 언제 사라질지 모르는 기능을 잃은 사물의 흔적을 미술 작품의 형태로 탐구하고 이름 붙여 주기 때문이다. 그렇기에 '초예술 토머슨'이라는 이름과 하나의 사물을 어떻게 바라보는가에 따라서 그 사물의 형질이 다르다는 아서 단토의 말은 기존의 예술 관념과 사물이 기능적이어야 한다는 속성을 고착화된 세계로부터 해방시킨 셈이다.

　　　　　　　　　　　　　　　　　　　　　　　　강우근

무용한 사물을 다 함께 찾기: 커뮤니티 아트

독일의 철학자 미하엘 하우스켈러(Michael Hauskeller)는 아서 단토의 관점을 통해서 "회화의 역사 이후의 시기가 시작"되었다고 말하며 "예술사에서 처음 모든 것이 다 가능해졌다"라고 이야기한다.* 이 대목은 '누가 예술 작업을 할 수 있는지'에 대해서 질문하게 한다. 일상적 사물을 예술품으로 만드는 데 도모하는 집단이 있다면, 그 집단을 커뮤니티 아트를 하는 느슨한 방식의 예술 집단이라고 부를 수 있지 않을까.

겐페이는 《사진시대(写真時代)》라는 일본의 잡지에 초예술 토머슨을 소개하면서, 초예술 토머슨으로 추측되는 사진을 보내주면 토머스니언(초예술 토머슨을 발견하는 사람들을 지칭하는 말)으로서 소정의 활동비를 지급한다고 말한다. 이후에 《사진시대》에는 토머스니언을 자칭하면서 자신이 발견한 무용한 사물이 초예술 토머슨이 맞는지 평가해 달라는 제보가 들어온다. 커뮤니티 아트 형식으로 초예술 토머슨 찾기에 대한 제보는 일본 내에서뿐만 아니라 해외에서도 들어오기 시작한다.

겐페이는 급기야 초예술 토머슨 전시회를 연다. 뉴욕의 스테이블 갤러리에 브릴로라는 글자가 적힌 상자가 가득 쌓였던 것처럼, 도쿄 신주쿠에 있는 갤러리612에는 무용한 사물의 사진이 걸려 있는 초예술 토머슨 전시 《번민하는 거리(悶える町並み)》(1983)가 열렸다. 겐페이는 "토머슨 물건 가운데 훌륭한 작품을 네 점 엄선

---

* 같은 책, 152쪽.

토머슨 전시장. 1983년 11월 갤러리612.(출처: 안그라픽스 제공, 사진: 이무라 아키히코)

해 엽서 세트로"(163쪽) 만들고 초예술 강연회도 열었다. 30명 정도 올 거라고 예상했던 강연장에는 80명이 들어찼다. 초예술 토머슨 이라는 무용한 사물을 말하는 개념이 점차 많은 사람에게 알려지고, 무용한 사물이 예술 작품으로 재인식된 계기가 된 것이다.

그렇다면 '일상적 사물'이 '예술품'이 되는 것뿐만 아니라 주변에서 벌어지는 '일상적 행위'를 새로운 방식으로 인식해서 작품으로 만드는 것도 '예술의 한 종류'가 될 수 있지 않을까. 아녜스 바르다(Agnès Varda)는 다큐멘터리 영화 〈이삭 줍는 사람들과 나〉(2000) 에서 버려진 것을 줍는 사람들을 추적한다. 줍는 행위의 의미는 그 것을 줍는 사람이 누군지에 따라서 다양한 측면으로 받아들여진

강우근

다. 식량을 위해서 추수를 마무리한 땅에 남겨진 과일과 농작물을 줍는 사람이 있는가 하면, 잡동사니를 모아서 예술 작품을 만드는 사람도 있다. 환경 단체에 소속된 활동가는 물질이 쉽게 소비되는 세태에 저항하면서 길거리에서 음식을 주워 먹는다. 그때 아녜스 바르다는 '줍는다'는 것의 의미를 두고 "이런 식으로 이미지나 인상을 줍는 일은 법에 저촉될 것이 없으며 은유적인 의미에서 지적 활동"이라고 말한다. 아녜스 바르다에게 무언가를 '줍는다'는 건 단순히 물건이 아닌 그 물건으로부터 발생한 "사실을 줍고 행동 양식과 정보를 줍는" 것이다. 아녜스 바르다는 새로운 시선으로 일상에서 '물건을 줍는' 사람들의 다양한 맥락과 관계에 접근하고 인터뷰하면서 〈이삭 줍는 사람들과 나〉라는 다큐멘터리 영화로 조망한다. 또한 아녜스 바르다 자신도 수행적으로 '줍는 행위'를 통해서 영화 속 인물로 등장한다.

"모든 것이 예술이 될 수 있는 시대"라는 아서 단토의 말처럼 아카세가와 겐페이와 아녜스 바르다가 접근하는 예술은 우리가 마주하는 일상을 새로운 시각으로 바라보게 한다. 독자와 관객이 감상하는 대상으로 머무르지 않고, 관계성을 통해 일상적 행위를 '예술 행위'로 재인식해서 수행하게 한다. 아서 단토의 이론은 사물과 행위의 우연한 만남 속에서 우리가 앞으로 어떻게 일상과 새롭게 관계 맺어질지 기대하게 한다. 어쩌면 예술의 종말이라는 아서 단토의 주장은 새로운 예술 방식의 시작을 의미하는 것은 아니었을까.

코드 공유하기

기능을 잃은 사물에 이름을 지어 준 초예술 토머슨으로부터 떠오르는 동시대의 예술 작품 중 하나는, 2023년 국립현대미술관과 SBS문화재단이 공동 주최하는 '올해의 작가상'을 받은 권병준의 로봇들이다. 권병준의 로봇은 현대 사회에서 요구하는 기능화된 노동을 하지 않고 풍류를 즐기고, 명상을 하고, 외나무다리를 건너기도 한다. 1990년대 밴드 '삐삐롱스타킹'에 소속되어 활동하기도 한 권병준은 그 로봇을 보면서 한때 홍대의 클럽에서 새벽까지 연주하던 자신의 동료들을 떠올리기도 한다고 말했다.

권병준에게 로봇은 자본주의로 일컬어지는 지금의 시대로부터 저항하는 사물이며, 그는 그 로봇들이 쓸모없고 헛된 행동을 할 수 있을 때까지 도울 예정이라고 말한다. 올해의 작가상 전시장에 설치된 인터뷰 영상에서 인상 깊었던 말은 자신이 만든 로봇을 제작하는 방식에 대한 오픈소스를 다 공유하고 싶다는 것이었다. 그 말은 예술 작품이란 어떤 특정한 권위를 가지거나 특별한 사람이 만드는 것이 아니며, 누구나 로봇을 만드는 커뮤니티의 일원이 되어서 그 행위를 지속하는 것으로 같이 저항하고 실천하는 것이 중요하다는 의미로 다가온다.

그러면 우리는 왜 일상에서 초예술 토머슨을 발견하고, 권병준이 만든 무의미한 행동을 하는 로봇을 같이 만들어 보는 것에 동참해야 하는가? 그 질문에 대한 답을 시인 이장욱의 시론집 『혁명과 모더니즘』에서 찾아보자. 이 책에서 이장욱은 '낯설게 하기'라는 용어를 만든 빅토르 시클롭스키(Victor Shklovsky)의 문장을 언급하며

강우근

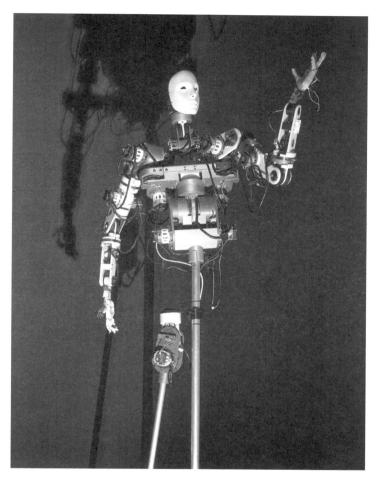

권병준 작가의 〈외나무다리를 건너는 로봇〉(2023).(출처: 권병준 제공)

이렇게 말한다. 삶을 구성하는 사물을 낯설게 바라보지 않는다면 "삶은 우리에게 아무것도 주지 못하고 사라진다. 자동화는 사물들을, 옷을, 가구를, 아내를, 그리고 전쟁의 공포를 집어삼킨다."*

　　이장욱은 칫솔을 예로 들며 "칫솔을 관습적이고 실용적 맥락에서 이탈시키고 이를 닦는 '수단으로서의 존재'에서 해방시켜야만, 우리는 우리 앞에 그 자체로서 현현하는 칫솔을 '발견'할 수 있다"**고 말한다. "일상의 관습적이며 실용적인 언어에서 칫솔을 해방시키는 순간에만 칫솔이라는 이상한 사물 자체를 발견할"*** 수 있다는 것이다. 초예술 토머슨이라는 이름 짓기와 권병준이 로봇을 만드는 방식을 자세히 들여다보면, 그건 사물을 특이하게 만드는 것이 아님을 알 수 있다. 사물 안에 있는 그 자체를 기능적으로 바라보지 않고 새로운 속성을 밝힌 존재를 우리 앞에 꺼내 보이는 것이다. '기능함'과 마찬가지로 '기능하지 않음' 역시 사물의 한 속성이며, 그 사물 안에 내재되어 있는 모습이다. 또한 사물을 대하는 방식은 결국은 인간이 인간을 대하는 방식과 다르지 않다. 그러니 자동화되지 않는 것, 기능적으로만 바라보지 않고 사물을 낯설게 바라보는 것은 인간의 존재 방식의 다양화를 밝히는 것과도 같다. 그렇게 우리에게는 '초예술 토머슨이라는 이름 짓기'와 기능적이지 않은 '로봇 만들기'라는 우리의 존재 방식이 생겨났다.

---

* 이장욱, 『혁명과 모더니즘』(시간의흐름, 2019), 161쪽.
** 같은 책, 160쪽.
*** 같은 곳.

　　　　　　　　　　　　　　　　　　　　　　　강우근

초예술 토머슨 따라 해보기

초예술 토머슨이라는 유령은 내게도 종종 나타났다. 나는 마포구의 망원 한강 공원을 걷다가 우연히 잘 포장된 산책길이 아닌 막다른 곳으로 진입하기 시작했고, 그곳에서 초예술 토머슨이라는 유령을 마주했다. 1972년 세계 최초로 동료들과 '순수 계단'이라는 초예술 토머슨을 발견한 일본의 겐페이가 52년이 지난 2024년에 한국의 청년이 마포구에서 발견한 초예술 토머슨을 본다면 어떤 생각이 들까. 나는 그에게 사연을 보내고 싶은 마음이 들었다. 그가 본 유령이 여전히 우리에게 전해지고 있다고, 그렇게 우리는 초예술 토머슨이라는 유령을 공유하고 있다고. 그 유령 덕분에 빽빽한 빌딩 숲에서 새로운 산책을 하는 방식이 생겨나고, 사물에 이름 짓는 즐거움이 전해지고 있다고. 이 글을 《사진시대》에 초예술 토머슨이 맞는지 확인해 달라고 요청한 독자들처럼, 사연을 보내면서 마무리하려고 한다.

발견 장소: 망원 한강 공원

발견 일자: 2024년 5월 17일

발견자: 동대문구 토머스니언

발견 상황: 망원에서 저녁을 먹고 한강 공원으로 향하는 중이었습니다. 산책을 하다가 공사 중이라는 표지판이 보여서 가던 길을 우회해서 가야 했습니다. 그러던 중 파란색 타일이 깔린 어떤 구조물을 발견했습니다. 저도 모르게 그곳을 향해 걸어갔더니 그건 수영장이었습니다. 여기 수영장이 왜 있는 거지? 그것도 세 개나 있었고, 물은 하

휴장 중인 망원 한강 공원.(출처: 강우근 제공)

강우근

나도 없는 채로 그 수영장 안에는 식물이 땅을 뚫고 자라나고 있었습니다. 수영장 타일을 뚫고 자라난 식물들이었던 거죠. 아무도 수영하지 않는 수영장의 양끝을 바라보았습니다. 불현듯 가보지는 않았지만 오래전에 한강 공원의 수영장에서 물놀이를 하던 사람들이 뉴스에 보이던 풍경이 떠올랐습니다. 지도를 살펴보니 '수영장(휴장)'이라는 글자가 보였습니다. 한강 공원의 수영장을 만든 관계자에게나 마포구청에 일하는 공무원에게 이 수영장은 잊힌 지 오래 같았습니다. 이건 거대한 초예술 토머슨이구나 싶었습니다.

강우근
2021년 《조선일보》 신춘문예를 통해 작품 활동을 시작했다. 시집 『너와 바꿔 부를 수 있는 것』이 있다. 현재 한국예술종합학교 전문사 예술경영 전공에 재학 중이며 사회 참여 예술과 커뮤니티 아트에 많은 관심을 가지고 있다.

『초예술 토머슨』을 처음 만난 것은 문학평론가 윤경희 선생님이 가르치시는 대학원 수업 '주제별 세미나'에서였다. '주제별 세미나'는 매 학기 교수님이 정하는 주제에 따라 학생들이 강독하고 이야기를 나누는 수업이다. 윤경희 선생님은 한 학기 수업의 주제를 '확장 소설'로 정하고 학생들은 이전에 시도하지 않았던 방식으로 창작된 책과 영화를 보았다. 무심코 발제를 맡기로 한 『초예술 토머슨』을 읽으면서 너무 큰 해방감을 느꼈다. 일상에서 초예술 토머슨을 찾는 놀이에 빠져들었다. 그리고 어떤 방식으로든지 이 책에 대해서 말하지 않으면, 안 된다는 생각에 휩싸였다.

현대미술가이자 소설가인 아카세카와 겐페이는 쓸모없는 것에 새로운 이름을 붙이는 『초예술 토머슨』뿐만이 아니라 거리에서 관찰할 수 있는 모든 것을 포착하는 『노상관찰학 입문』을 동료들과 함께 썼다. 또한 『노인력』을 통해 모두가 겪을 수밖에 없는 노화를 '힘을 빼는 능력'으로 바라본다. 겐페이의 시도를 통해서 나는 일상에서 쉽게 지나칠 법한 존재를 새롭게 밝히는 가능성을 발견한다. 겐페이가 동시대의 여러 사람들과 탐구해 왔던 시도는 나에게도 전해져 새로운 공동체를 지속적으로 만들고 있다. 가속화된 삶의 방향을 늦추고, 주변 가까이에 있는 사물을 면밀히 바라보게 하면서. 쓸모없다고 말하는 것에 오래 머물고 싶다. 『초예술 토머슨』

강우근

을 소개할 기회를 준 우주리뷰상 심사위원분들과 관계자분들에게 감사하다. 어떤 글을 더 써볼 수 있을까, 어떤 탐구를 더 해볼 수 있을까, 하는 고민을 계속 이어 나가 보겠다.

쇠락하는 산업 수도,
그러나 버릴 수 없는 꿈

강진용

『울산 디스토피아, 제조업 강국의 불안한 미래』

양승훈 지음, 부키, 2024

태화강의 지류 대곡천의 암벽에 새겨진 다양한 형상의 고래들이 선사 시대의 수렵 생활을 생생히 보여 준다. 신라 문무왕의 왕비가 묻혔다는 대왕암에 동해의 푸른 파도가 부딪쳐서는 물보라가 되어 튀어 오른다. 도심 속 허파 태화강 국가정원에서는 사람과 자연이 하나가 되어 숨을 쉰다. 대학, 종합병원, 시립미술관 등 탄탄한 교육·의료·문화 인프라 덕분에 시민들의 삶은 윤택하다. 대공장에서 만들어진 현대 차가 자동차 운반선으로 힘차게 오르고, 일감이 쌓인 조선소의 도크에서는 세계 각지로 수출될 LNG선 건조 작업이 한창이다. 최신식 실험실과 테스트베드 위에 이차 전지·미래 선박·수소 같은 미래 신산업의 싹이 자란다. 울산광역시 종합 홍보 영상 〈울산을 울산답게〉가 보여 주는 울산의 희망찬 모습이다. 영상 속 시민들은 쾌적한 정주 여건과 활기찬 지역 경제를 배경으로 연신 웃고 있고, 지역내총생산(GRDP), 광·제조업 생산, 수출액, 항만 물동량 등 울산이 한국 경제에서 차지하는 비중을 강조하는 숫자들이 굵은 글씨로 도드라져 보인다. 하지만 이것이 암울한 울산의 진짜 모습을 가리고 있는 베일일지도 모른다는 생각이 들게 하는 책이 나왔다. 바로『울산 디스토피아, 제조업 강국의 불안한 미래』다.

현재 한국 사회는 국토 공간상의 인구 불균형이 심화되며 수도권은 과밀화되고 지방은 쪼그라드는 디스토피아적 징후를 겪고 있다. 하지만 다른 지방 도시와 달리 울산은 대한민국의 산업 수도이자 최고의 부자 도시로서 건재하다는 것이 대체적인 평가였다. 울산 프로 축구단 '울산 HD FC'의 유니폼 가슴팍에 두 줄로 새겨진 '꿈의 도시 울산/기업 도시 울산'이라는 문구가 울산의 자부심을 보여 준다. 하지만『울산 디스토피아, 제조업 강국의 불안한 미래』는 울산 옆에 '디스토피아'라는 우울한 단어를 병치하며, 우리나라 최고 산업 도시의 현재와 미래에 대한 과감한 문제 제기를 예고한다.

산업 도시의 흥망성쇠와 그로 인한 사회경제적 파장을 다룬 저서들은 국내외에서 꾸준히 출간되었다.『제인스빌 이야기』,* 『실직 도시』** 등이 대표적이다. 두 책은 산업 도시(위스콘신주 제인스빌, 전북 군산)가 자동차 산업이라는 탄탄한 제조업에서 나오는 양질의 일자리로 건강한 노동 계급을 형성하며 호황기를 구가하다가

---

* 에이미 골드스타인, 이세영 옮김,『제인스빌 이야기』(세종서적, 2019).
** 방준호,『실직 도시』(부키, 2021).

강진용

공장의 철수와 그에 따른 실업으로 좌절하고 회복하는 긴 여정을 다룬다.『울산 디스토피아, 제조업 강국의 불안한 미래』는 산업 도시의 위기를 다룬다는 점에서 앞선 저서들과 유사하지만, 몇 가지 중요한 지점에서 차별성을 갖는다. 두 저서가 GM 공장이 철수하고 공동화된 산업 도시를 다룬다면, 이 책은 현대자동차, 현대중공업, 롯데케미칼 등 자동차, 조선, 석유화학 대공장들이 아직 건재한 산업 도시를 다룬다. 두 저서가 저널리스트가 쓴 논픽션 저널리즘의 성격을 띤다면, 이 책은 연구자가 쓴 정책 보고서(울산테크노파크 2020년 학술연구 용역과제)로 사회과학의 개념과 이론에 기반한 정치한 분석을 보여 준다.

　이 책의 저자 양승훈은 5년 전 한국 조선업의 메카인 거제도의 빛과 그림자를 다룬『중공업 가족의 유토피아』(오월의봄, 2019)를 펴내며 '조선소 출신 산업사회학자'로 이름을 알렸다. 그는 자신의 첫 책에 위기에 빠진 조선 산업과 그 근거지인 거제도, 거기서 일하며 살아가는 조선소 사람들에 대한 사회학적 분석을 담았다. 그가 2012년부터 2016년까지 거제도의 조선사(대우조선) 인사팀에서 근무한 경험과 동료 직원들에게 들었던 이야기가 책의 뼈대가 되었다고 한다. 생생한 현장감과 사회과학적 분석이 결합된 책은 학계와 독자들의 호평을 받으며 한국사회학회 학술상, 한국출판문화상 교양 부문을 수상했다.

　그는 5년 만에 펴낸『울산 디스토피아, 제조업 강국의 불안한 미래』로 전작을 뛰어넘는 데 성공한 것으로 보인다. 분석의 대상이 거제의 조선업에서 울산의 자동차·조선업·석유화학으로, 그리고 우리나라 제조업 전반으로 확대되었다. 노동 시장 이중 구조, 남성

1인 생계 부양자 경제, 여성 일자리 부족, 작업장 엔지니어의 퇴조, 수도권 인재 영입을 위한 기업 두뇌의 수도권 이전 등 전작의 중요한 문제의식을 유지하면서 산업 가부장제, 여성의 경로 봉쇄, 공간 분업 등의 개념을 도입해 분석의 깊이를 더했다. 제조업 위기의 원인이 '생산성 동맹의 와해'라는 것은 전작에 없던 새로운 주장이다.

책은 크게 프롤로그, 1-4부, 에필로그로 구성되어 있다. 프롤로그에서 제조업 국가 한국의 위기를 논하기 위해 울산에 주목해야 하는 이유를 설명하며 책 전체의 조감도를 보여 준다. 이어지는 1-4부에서는 울산의 과거와 현재, 울산과 한국 경제가 처한 제조업의 위기, 울산이 당면한 재생산과 성장의 위기, 한국의 산업 도시와 제조업의 앞날과 당면 과제를 시공간을 넘나들며 짚는다. 마지막 에필로그에서는 책의 내용을 요약하며 대안의 방향을 제시하고 있다. 울산의 과거, 현재, 미래라는 관점에서 책의 주요 내용을 돌아보고 책에 대한 평가로 나아가고자 한다.

왜 지금 울산을 이야기하는가?

저자는 왜 우리나라의 여러 산업 도시 중에서도 울산에 집중해야 하는지를 설명하며 논의를 시작한다.

> 우선 울산은 이촌향도(離村向都) 이주와 산업화 그리고 민주화와 지역 불균형의 역사 그 자체다. 한국 현대사가 만들어 낸 주요 현상이 응축되어 있다는 말이다.(10쪽)

강진용

울산은 한국 산업 도시의 전형이며 가장 고도화된 형태라 할 수 있다. 울산이라는 대표적 산업 도시를 통해 제조업과 수출을 기둥으로 성장해 온 한국 경제에 닥친 위기의 본질과 과제를 살펴볼 수 있다고 저자는 말한다. 울산을 디딤돌로 삼아 '1970년대 형성해 놓은 중화학공업 위주의 수출 주도 산업이 과연 어디까지 갈 수 있을까', '보통 사람의 일자리, 평범한 사람의 중산층 도시가 가능할까' 등과 같은 한국 제조업과 사회 이동성의 미래와 맞닿은 질문으로도 나아갈 수 있다. 또 하나의 중요한 논점으로 울산은 한국의 핵심적 사회 문제인 '노동 시장 이중 구조'와 '여성 일자리 부족 문제'를 가장 극명하게 보여 주는 곳이다. 그리고 지역내총생산 전국 1위인 울산마저 흔들린다면 지방에는 더 이상 희망이 없다는 점에서 울산은 지방의 마지막 보루라 할 수 있다.

울산의 과거:
모두의 정성과 집합적 의지가 빚어낸 기적의 도시, 그러나……

산업 도시 울산은 1962년 울산공업센터 지정과 함께 시작되었다. 저자는 울산이 국가의 대규모 공업센터 소재지로 낙점된 것을 인프라와 지형적 요건 등 객관적 요소에 초점을 둔 '입지 요건설', 당시 투자와 사업을 추진할 수 있던 여력과 역량을 지녔던 기업인과 박정희 정권의 '커넥션설', 산업의 기초 인프라가 설치되면서 국가와 산업계에 의해 전략적으로 집중 투자가 이어졌다는 '경로 의존설' 등으로 폭넓게 설명한다.

이 설명들 속에 강력한 카리스마 지도자 박정희, 눈이 밝은 기술관료 안경모, 모험 자본가 정주영 등 유명한 이름들이 등장한다. 하지만 잠을 설치면서 눈썰미를 가지고 도면과 기술을 베껴 오던 엔지니어들, 저임금을 받고 열악한 안전 요건 속에서 위험을 무릅쓰며 배와 자동차를 만들어 냈던 울산의 노동자들 같은 무명의 용사가 없었다면 울산의 기적은 불가능했을 것이라고 말한다. 모두의 정성이 모여 만들어진 기적의 도시 울산은 지난 60여 년간 동아시아에서 가장 발전한 산업 도시로 꼽힌다. 대한민국의 산업 수도, 지역내총생산 전국 1위의 도시, 중산층 노동자 도시가 되었다.

> 만화 『드래곤볼』의 원기옥처럼 모두의 정성이 모여 노동자 도시이자 부자 동네 울산의 기적을 써낸 것이다.(71쪽)

그러나 2010년대 들어 산업 쇠퇴, 고령화, 인구 감소 등 쇠락의 징후가 뚜렷하게 보이기 시작했다. 울산은 더 이상 청년들에게 좋은 일자리를 줄 수 없어 장년 노동자, 퇴직자 중심의 늙은 도시가 되어 가고 있다는 것이다. 2030년까지 해마다 2,000명 이상이 정년퇴직할 것으로 예상되는 현대자동차의 신규 공채는 노동조합의 강력한 요구에도 불구하고 연간 300-400명 수준이다. 기술 혁신의 주역인 연구소와 엔지니어링 센터가 천안 이북의 수도권으로 떠나가며 '천안 분계선'이 고착화되고 있고, 울산의 주요 대학인 울산대학교나 울산과학기술원(UNIST)은 점점 위상이 낮아지며 지역에 필요한 인재를 공급하지 못하고 있다.

강진용

울산의 현재

제조업 구상과 실행의 분리, 산업 도시에서 하청 생산 기지로 전락
저자는 울산이 제조업 발전의 중심에서 말단 생산 기지로 추락하고 있는 데서 위기의 원인을 찾는다. 울산이 담당하는 3대 산업(자동차, 조선, 석유화학)의 '두뇌', 즉 구상 기능을 담당하는 연구소와 엔지니어링 센터가 대부분 수도권으로 이전했고 나머지 부분도 상경을 기다리고 있다. 수도권 대학들이 배출하는 더 우수한 두뇌를 얻기 위해서다. 심지어 '몸통', 즉 실행 기능을 하는 공장마저 새로 짓는 경우에는 그 입지로 수도권을 고려한다.

> 생산 거점으로부터 연구소와 엔지니어링 센터가 분리되는 것이 공간 분업의 1단계였다면, 생산 거점마저 메트로폴리탄 시티로 향하게 되는 2단계를 겪게 되는 셈이다. 울산은 1단계의 분업으로 우수한 인재를 잃고 나서 이제 2단계 분업으로 안정적인 생산직 일자리마저 뺏길 위험에 처했다.(110쪽)

이러한 공간 분업의 주요 원인으로 적대적 노사관계에 대한 사측의 전략적 대응인 노동자의 숙련 우회, 서울 인재의 지방 산업 현장 근무 기피 등이 언급된다. 적대적 노사관계로 인한 리스크를 회피하기 위해 사측이 적극적으로 자동화를 진행하면서 노동자의 숙련과 역할은 점차 사라지고, 연구개발, 제품 개발, 설계 등 구상 기능은 이전보다 훨씬 중요해졌다. 이 구상을 담당할 수도권 인재들이 지방 근무를 꺼리다 보니 이들을 유치하기 위해 기업 연구소나 엔지니어링 센터가 상경하게 된다는 것이다. 그 결과 울산은 제조업 전 과정을 담당하는 산업 도시에서 수도권에서 설계한 제품을 찍어 내기만 하는 하청 생산 기지로 쪼그라들고 있다. 숙련과 기술이 없는 생산 기지는 제조 대기업의 사업 전략에 따라 언제든지 문을 닫을 수 있다는 것이 2017년 7월 현대중공업의 군산 조선소 가동 중단, 2018년 5월 한국GM의 군산 공장 운영 중단이 주는 교훈이다.

적대적 노사의 각자도생에 따른 생산성 동맹의 파열

저자는 위기의 또 다른 주요 원인으로 적대적 노사관계에 갇힌 노동과 자본이 각자의 길을 가는 과정에서 생산성 동맹이 파열된 것을 지목한다.

> 이 책에서 이상적으로 생각하는 노사관계는 생산성 동맹이다. 회사는 노동자에게 정당한 임금과 복리후생으로 보상하고, 노동자는 숙련을 높이고 회사의 생산성을 높이기 위해 매진한다. 그런데 울산의 3대 산업은 생산성 동맹의 관계에 있지 않다.(187쪽)

울산 3대 산업의 생산성 동맹 파열은 '죄수의 딜레마' 상황으로 볼 수 있다. 노동자와 사용자 모두에게 더 좋은 균형 상태(생산성 동맹)가 있음에도 불구하고, 상대를 믿지 못하며 각자의 이익을 위해 행동한 결과 더 나쁜 균형 상태(노사 분규, 생산 손실)로 귀착되고 있는 것이다. 그렇다고 저자는 쉽사리 어느 한쪽을 두둔하거나 비난하지 않고 노사가 이러한 선택을 하게 만든 더 넓은 역사적·사회

강진용

적 맥락을 찬찬히 짚어 준다.

한국 정부는 울산에서 노동조합이 대거 결성되던 1987년 이전부터 IMF 외환위기를 마주한 1997-1998년까지 노동조합을 포함한 노사정 3자 협상을 하지 않았다. 개발독재 국가는 자본의 편에 서서 노동조합을 교섭의 대상이 아닌 억압의 대상으로 바라보았다. 이러한 상황에서 생산성 동맹의 근간인 노사 간의 신뢰라는 사회적 자본이 축적되기 어려웠다. 또 노사 간 신뢰가 없다 보니 노동자는 생산성 향상에 필수적인 교육 훈련을 추가 과업이자 착취로 받아들였고, 회사 역시 노동자와 마찰을 일으키며 비용까지 수반되는 고도화된 수준의 교육·훈련을 제공하기보다는 설비를 자동화하고 정보통신 장비를 늘리며 조직을 재편하면서 생산 합리화를 수행했다. 그 결과가 노동자의 숙련이 필요 없는 작업장이다.

숙련이 사라진 작업장만 가득한 지역은 그저 제품만 찍어 내고 연구개발이나 현장의 혁신이 벌어지지 않는 단순한 '생산 도시'다. 생산 기지로 전락하고 있는 울산은 지속 가능하지 않다. 3대 산업에서 정규직을 거의 뽑지 않으니 청년은 울산의 공장에 오지 않는다. 정규직이 아닌 비정규직 하청 노동으로는 노동자 가족의 남성 생계 부양자 경제가 작동할 수 없고, 남성이 생계를 전담할 수 없으니 여성도 지역을 떠날 수밖에 없다.

3무(三無): 무정규직 채용, 무숙련, 무연대

저자는 울산의 대공장이 더 이상 정규직 생산자를 뽑지 않는 현실을 집중 조명한다. 울산은 제조 대기업 정규직이라는 울타리 안에 있는 노동자에게는 낙원이다. 정규직 생산자는 남성 1인 생계 부양자로서 정상 가족을 꾸리고 번듯한 주거를 마련하고 자식들 대학 공부까지 어려움 없이 시킬 수 있었다. 그러나 그 낙원은 전투적 노사관계와 비정규직 노동자 및 하청 업체의 희생 위에 건설되었기에 지속 가능하지 않다.

전투적이고 적대적인 노사관계 속에서 제조 대기업은 점차 노동자들의 '손'에서 벗어나 기술직 엔지니어가 통제하는 '기술'에 더 많이 투자하며 생산성을 높이는 시도를 시작했고, 그 최종 목적지는 '누가 와도 일할 수 있는 무숙련 작업장'이었다. 그 결실 중의 하나가 현대자동차의 '기민한 생산 방식'이다. 이는 생산직 노동자 작업 조직이 만들어 낼 수 있는 숙련을 활용하는 대신에 엔지니어들 주도로 생산 기술을 발전시켜 만든 일련의 생산 체제다. 자동화, 모듈화, 정보통신 기술과 같은 생산 기술의 발전이 기민한 생산 방식을 가능하게 했다. 그 결과가 무숙련 작업장의 출현과 정규직 노동자의 가치 하락이다. 세계 노동 운동에서 노동자들의 무기는 언제나 숙련의 형성과 이를 지렛대로 한 작업의 통제였다. 숙련도 높은 노동자가 작업을 멈추면 기업은 대체할 인력을 찾을 수 없었다. 울산 노동자들은 숙련과 함께 노사관계의 주도권도 잃고 있다.

> 회사는 노동자의 숙련이 중요하지 않은 환경에서 광범위하게 사내 하청과 아웃소싱 노동자를 활용할 수 있게 됐다. 그러자 이전까지 당당히 목소리를 낼 수 있었던 씩씩한 노동자의 모습 대신, 그림자처럼 존재가 희미해진 노동자만 남기 시작했다.(154쪽)

강진용

또한 울산에는 노동자 일반의 이익이라는 게 없다고 한다. 원청 정규직과 하청 비정규직이 명확하게 분리되는 울산은 노동 시장 이중 구조의 교과서적 사례. 좀 더 극단적으로 말하면 울산은 정규직, 비정규직, 하청, 협력사, 부품사로 나누어진 딱딱하고 단단한 계급제 도시라 할 수 있다. 남성 생계 부양자 경제로 운영되는 도시의 전형인 울산에서 정규직 노동자 개인의 해고는 가족 경제의 파탄으로 이어진다. 문제는 정규직 노동자의 고용 불안에 대한 공포가 외부자를 착취하는 방식으로 적극 전환됐다는 점이다. 또한 작업장 바깥으로 나가면 울산의 3대 산업은 N차 벤더에 대한 불균등한 이익 분배라는 문제에 부딪힌다. 자동차 부품 회사는 새로운 제품 개발을 통한 판로 개척이 어려워 원청에 의존할 수밖에 없다. 현대자동차의 노사 협상에서 임금 인상이 결정되면 딱 그만큼 자동차 부품 업체에 대한 단가 후려치기가 이루어진다.

　　지금처럼 제조 대기업과 정규직 노동조합이 상호 연대와 장기적 혁신을 모색하지 않고 비정규직, 부품 업체 등 약자에게 비용을 전가하는 방식으로 자기 이익에만 골몰한다면 울산이 디스토피아가 되는 건 시간문제다. 정년퇴직자에 턱없이 모자라는 정규직 신규 공채 규모로 정규직 노동조합도 쪼그라들 것이고, 제조 대기업은 정규직의 숙련을 잃어버린 울산의 공장을 언제든 정리하고 떠날 수 있다. 제조 대기업은 새로운 생산 기지에서 어떻게든 이윤을 극대화하겠지만, 버려지고 쇠락하는 울산의 고용과 지역 경제를 지탱할 비용은 정부와 지방자치단체, 종국에는 일반 국민이 부담할 수밖에 없다. 더 심각한 문제는 정규직도, 부가가치를 창출할 숙련도 남아 있지 않은 하청 생산 도시에 공적 자금이 투입되지 않을 가능성이 높다는 것이고, 그 가능성이 실현되는 순간에 울산 디스토피아도 펼쳐질 것이다.

청년과 여성이 떠나는 도시

책은 115만 인구의 광역시 울산에 청년이 원하는 일자리가 없다고 지적한다. 생산직 일자리는 대부분 비정규직 하청 업체의 자리이며 그나마 남성들 차지이다. 대학까지 공부한 여성에게 울산은 공무원과 공기업, 교사 일자리를 제외하면 커리어를 시작조차 할 수 없는 '경력 봉쇄'의 도시다.

> 울산은 전국 광역지자체 중에서 청년이 일하기 가장 나쁜 도시다. 2020년과 2022년 울산시의 청년 실업률은 11.6퍼센트와 7.8퍼센트로 전국에서 가장 상황이 좋지 않다. 2018-2022년 최근 5년간 청년 실업률 평균에서도 울산은 경북의 9.82퍼센트에 이어 9.2퍼센트로 두 번째로 상황이 나쁘다.(214-215쪽)

> 울산의 2022년 여성 고용률은 47.1퍼센트로 전국 최저다. 최근 10년과 최근 5년도 각각 44.4퍼센트, 46.1퍼센트로 단연 전국 최저다.(221쪽)

대학 진학률이 높아 고학력층이 급격하게 늘어 가고 있지만, 울산에는 이들이 희망하는 화이트칼라 일자리가 부족하다. 생산 관련 기능직 일자리는 구인난이 벌어질 정도임을 감안할 때 울산 일자리 문제의 본질은 총량 부족이 아니라 화이트칼라 일자리의 부족이라는 것이 저자의 진단이다. 화이트칼라 일자리 부족은 일

강진용

시적 시장 상황이 아닌 공간 분업에 의해 점차 생산 도시로 전락해 가는 울산의 경로에 의해 발생하는 '구조적 미스매치'에 속한다. 고학력 청년들은 자신이 갈고닦은 역량을 발휘할 기회를 주지 않는 울산에 대한 기대를 접고 있다. 산업 도시의 미래 전망이 토대부터 흔들리고 있다.

여성 고용 상황은 더욱 심각하다. 울산이 어디로 가는지를 물으려면 결국 여성에 대해 이야기해야 한다. 젠더 문제를 살펴보지 않고 한국의 지방 문제를 해석하는 것은 불가능하다. 소위 지방 소멸 지수란 것도 '결혼 및 출산 적령기 여성 인구'를 기준으로 측정된다. 그런데 울산에는 여성이 일할 곳이 없다. 울산에서 가장 안정적으로 돈을 많이 벌 수 있는 3대 산업 대공장 정규직에는 여성의 자리가 없다. 이곳은 남녀 성비 95대 5로 남성을 위한, 남성에 의한, 남성의 작업장이다. 여성은 안정적인 고임금 일자리에서 구조적으로 배제되어 왔다. 거주지 선택 기준의 순서로서 일자리-주거-문화의 순서는 깨지지 않는다. 여성에게 일자리를 제공하지 못하는 도시에서 여성이 떠나는 것은 당연하고, 여성이 떠나는 도시에는 미래가 없다.

울산의 미래 탐색

울산의 제조 역량에 기반한 고용 창출형 혁신으로

책의 후반부에서는 제조업 위기에 각기 다른 방식으로 대처했던 두 도시, 디트로이트와 피츠버그의 이야기를 통해 울산의 향후 진로를 모색한다. 디트로이트나 피츠버그의 사례에서 알 수 있듯이 주력 제조업의 위기 상황을 공공이 전환의 관점에서 적극 대응하지 않을 경우 도시 자체가 쇠퇴할 수 있다.

디트로이트는 자동차 생산 기지로서의 입지가 약화되는 상황일 때 재정 문제를 겪으면서 도시 전환에 나서지 못하고 슬럼화와 인구 유출을 겪게 됐다. 피츠버그는 철강 산업의 패권을 일본(일본제철)과 한국(포스코)에 차례차례 넘겨주는 위기를 겪은 후에, 민관 협력의 거버넌스를 통해 금융, 보건 의료, 교육, 첨단 연구개발 중심지로의 전환을 적극 추진했다. 덕택에 생산직 일자리 대신에 서비스 산업과 하이테크 부문의 일자리를 유치하는 데 성공했다. 그러나 도시 재활성화를 40년가량 진행한 지금 피츠버그의 인구는 감소했고, 도시 전체 관점에서 인종 분리와 소득 격차는 더욱 심해졌으며, '노동 계급 중산층' 모델의 해체를 막지 못했다.

도시를 고도화하더라도 단단한 중산층을 육성할 수 있는 제조업 일자리는 여전히 중요하기에 울산의 전환 구상에서 제조 역량은 반드시 고려 대상이 되어야 한다. 피츠버그의 사례에서 살펴봤던 것처럼 '공장을 떠나서' 혹은 '공장을 생각하지 않고' 문제를 풀려는 시도는 도시의 미래에 전혀 도움이 되지 않는다. 울산의 공장을 뜯어내고 거기에 새로운 공간을 만들거나 공장을 외면하기보다는 기존의 공장과 제조 생태계에 기반을 둔 스타트업 기업을 만들고, 기존 제조업 공장을 젊은이의 참여가 가능한 공간으로 바꿔 내야 한다.

서울에는 있는데 울산에는 없는 무언가를 가져와 이식하는 방식이 아니라, 울산이 50년간 축적한 제조업 기반 위에서 '만드는

강진용

건 제일 잘하는 도시'라는 정체성을 세워야 한다. 또한 산업 도시 울산의 전환을 위해서는 지역의 울산대학교와 울산과학기술원과의 긴밀한 연계가 절실히 필요하다. 지금 울산은 전환을 위한 대학의 에너지가 절실히 필요하다.

기후위기를 울산의 기회로 만들기 위한 구조 개혁 필요

이어서 RE100, 수소 경제, 기후위기 등 새로운 글로벌 환경 변화가 울산 3대 산업과 한국 경제 전반에 미칠 영향력도 폭넓게 검토된다. 기후위기가 울산 3대 산업에 기회가 됐지만 산업 고도화와 신사업 진출의 전망을 열어 주지는 않고 있다. 친환경 전기차와 수소 경제는 현대자동차에 기회를 주지만 울산의 자동차 부품 생태계는 이에 대응하기에 취약한 상태이고 개선책도 뚜렷하지 않다. 가솔린-디젤 내연기관에 고착된 울산 자동차 부품 업계가 고용하는 5만 개의 일자리는 곧 위기에 노출될 공산이 크다.

　　탈탄소 전환을 요구하는 국제해사기구(International Maritime Organization, IMO)의 규제는 조선업계에 선박 수주의 기회를 제공한다. 하지만 고착된 노동 시장 이중 구조로 인한 원하청 간 임금 격차와 불황기의 임금 하락 문제를 풀지 못하면서 질 좋은 일자리를 창출하지 못하고 있다. 기후위기에 대응하기 위해 친환경 자동차 생태계에 필요한 정밀화학의 전환 역시 정책 역량과 기존 석유화학 산업의 보수성 때문에 속도를 내지 못하고 있다. 위기는 준비된 자에게만 기회가 된다. 그 준비는 산업 생태계 문제, 노동 시장 문제, 지역 산업 정책의 문제를 풀기 위한 구조 개혁이다.

동남권 메가시티의 핵심은 부울경 간 연결망 강화

국토 균형 발전의 관점에서 부산, 울산, 경남의 3개 광역을 연결하고 통합하여 수도권 쏠림에 대응하자는 '동남권 메가시티 구상'도 울산의 활로 모색 차원에서 검토된다. 저자는 동남권 메가시티의 핵심은 가덕도 신공항이 아니라 지역 내 연결망을 강화할 수 있는 철도·전철망이라고 주장한다. 현재 부울경은 자동차 없이는 살 수 없는 모터 시티(motor city)인데, 이를 메트로 시티(metro city)로 전환해야 한다는 것이다.

또한 울산이 제조업 경쟁력을 높이기 위해서는 가치 사슬과 공간 분업 관점에서 고부가가치 소재·부품·장비 공급망을 견실하게 구축하면서 연구개발 경쟁력과 IT 산업과의 연계를 강화해야 한다. 그러기 위해서는 제조업 인프라 투자뿐만 아니라 우수한 인력 풀 확보와 육성에도 경주해야 한다. 도시 내부 제조업 부문 중 여성 노동력 활용을 사무직·기술직·생산직 할 것 없이 높여야 하고 제조업을 선호하지 않는 여성 인력을 끌어들일 수 있는 서비스업 같은 산업군도 유치하거나 창출해야 한다. 이 문제들을 울산이 자력으로 풀기는 어렵겠지만, 각각 350만 인구를 자랑하는 경남 및 부산과 힘을 합친다면 더 쉽게, 더 빨리 길을 찾을 수 있다.

부울경 메가시티에 대해 울산은 부산이 모든 것을 빨아들이는 빨대 효과를 걱정하고, 경남은 제조업 기반이 탄탄한 동부 경남과 그렇지 않은 서부 경남의 격차 심화를 우려한다. 이러한 우려를 극복하기 위해서는 충분한 숙의와 이해관계 조정을 이끌어 낼 각 광역 단위 정치 리더십의 의지와 역량이 필요하다. 하지만 4년 주기로 돌아오는 지방정부 리더십의 변동으로 인해 동남권 메가시티는

강진용

'같이 하겠다'와 '각자 하겠다' 사이에서 갈팡질팡하는 형국이다.

고진로 전략:
지속 가능한 제조업 클러스터와 엔지니어링 클러스터 구축

저자는 생산 도시와 대한민국의 미래를 위해 울산이 산업 전략 관점에서 대응해야 할 두 가지 도전을 제시한다. 첫 번째는 지속 가능한 제조업 클러스터 구축으로, 이를 위한 핵심 키워드는 고진로 전략이다. 고진로 전략은 노동자는 높은 임금과 복리후생을 보장받고, 기업은 생산성과 혁신 역량을 보장받는 사회적 합의에 기반한 산업 전략이다. 구체적으로 보면 정부는 평생 직업 훈련 체계를 보강하고, 노동자는 여기에 적극적으로 참여해 숙련도를 높이고, 기업은 고임금과 복리후생을 지원하는 것이다. 고진로 전략을 설정하기 위해서는 지방정부 단위의 거버넌스가 잘 작동해야 한다. 결국 지방정부와 시민사회가 노동자의 교섭력 공백이나 산업의 이익을 방어하기 위한 역할을 일정 부분 해내야 한다.

두 번째는 제조업의 상류 부문인 엔지니어링 클러스터를 키워 내며 핵심 기자재 및 부품을 제조하고 제조 서비스 섹터를 육성하는 것이다. 이를 위해 원·하청 간 불공정 거래나 비정상적 하도급 관계를 철폐해 기자재 부품 협력사가 미래 경쟁력을 확보할 수 있는 공간을 만들어 주고, 협력사의 연구개발 능력을 키워야 한다. 또한 장기적으로 울산의 혁신 생태계 창출을 위해 미래 자동차 유관 기업을 직접 키우거나 유치해야 한다. 지역 균형 발전과 제조업 고도화를 함께 사고하며 이를 기업과의 거버넌스에 관철할 수 있는 정부의 역량도 중요하다.

힘 있는 사회과학의 가능성을 보여 주었으나, 실증적 방법론 부족은 아쉽다

마르셀 프루스트는 진정한 여행이란 새로운 풍경을 보는 것이 아니라, 새로운 눈을 가지는 것이라고 했다. 한국 경제와 제조업에 관심 있는 독자라면 이 책을 읽는 지적 여정을 마치고 나서 현실에 대한 인식을 가로막는 무지의 베일을 벗고 부자 도시 울산과 제조업 강국 대한민국에 대한 새로운 눈을 가질 것이다. 제조 대기업들의 호실적에 가려진 울산과 한국 제조업의 아킬레스건을 볼 수 있고, 지역내총생산 전국 1위라는 수치가 온전히 담지 못하는 비정규직, 청년, 여성, 하청 업체의 비명을 들을 수 있을 것이다. 이 모든 문제를 낳은 사회 구조와 역사와 정치의 동학을 꿰뚫어 보는 사회학적 상상력을 경험할 것이다. 각종 문헌, 인터뷰, 통계 자료를 씨실과 날실로 삼아 논증하고, 지리경제학, 노동사회학, 산업사회학, 공학, 도시사 등 다양한 학문 분야를 종횡무진 넘나드는 저자의 세심함, 성실함, 집요함이 의미 있는 독서 경험을 가져다줄 것이다. 첨단 과학의 위세에 눌려 사회과학의 위상이 예전 같지 못하다고 하지만, 우리 사회의 문제에 정면으로 도전하는 지적 결기를 품고 증거에 기반한 답변과 대안을 제시하는 힘 있는 사회과학도 가능함을 알게 될 것이다.

또한 이 책은 울산의 역사적 흐름 속에 가정, 작업장, 공론장 등에서 등장했던 각종 발화를 적재적소에 배치하면서 논의에 현장감을 더하고 있다. 그중에는 울산의 화려한 과거에 대한 자부심을 담은 말("개도 만 원짜리 물고 다닌다")도 있고, 재벌 회장의 훈시("우리

강진용

가 잘되는 것이 나라가 잘되는 것이며, 나라가 잘되는 것이 우리가 잘될 수 있는 길이다")도 있고, **평범한 청년들의 낙관론**("공부 못하면 공장 가면 되지", "취업 못하면 취집하면 되지")**과 비관론**("일자리 자체는 많으나 근로 여건이 맘에 드는 직장은 부족하거나 없다", "왜 울산에 살아야 하죠?")도 있고, 숙련공 노동자의 엔지니어에 대한 꾸중("너는 종이배 짓냐?")도 있고, 고용 불안에 시달리는 노동자의 절박한 욕망("언제든 잘릴 수 있으니 기회만 되면 최대한 벌자")도 있고, 무숙련 작업장에 대한 연구자의 지적("논에 모심는 아지매를 데리고 와서 바로 현장에 투입해도 차 만드는 데는 아무 이상이 없습니다")도 있다. 인상 비평 수준의 발화도 있고, 깊은 통찰을 담은 발화도 있으나, 모두 울산에 관한 중요한 진실을 말하고 있다.

다만 연구 방법론 차원에서 아쉬운 점도 있다. 울산과 한국 제조업 위기(종속변수)의 주요 원인으로 '노동의 공간 분업'(독립변수 1)과 '생산성 동맹의 와해'(독립변수 2)를 지적하고 있는데 각각의 변수를 실증적으로 측정이 가능하도록 구체화·수량화했으면 어떨까 싶다. 일례로 서강대학교 사회학과 교수 이철승은 『불평등의 세대』에서 고위직 장악률과 상층 노동 시장 점유율, 근속 연수, 임금과 소득 점유율, 소득 상승률 등 54개에 이르는 데이터를 통해 '386세대의 자리 독점'을 실증적으로 보여 줌으로써 담론과 문화론에 그쳤던 세대론을 물질화하고 많은 전문가와 대중 사이에 뜨거운 논쟁의 불을 지핀 바 있다. 데이터는 내러티브에 더 큰 힘을 불어넣을 수 있다.

한국 제조업 위기의 원인에 대한
폭넓은 접근과 해법의 구체화가 필요하다

돌아보면 한국 경제는 늘 위기 상황이었고, 그동안 든든한 성장 엔진이었던 제조업마저 위기 국면에 들어섰다는 진단이 최근 몇 년 사이 확산되었다. 위기의 원인에 대해서는 백가쟁명이 펼쳐진다. 2008년 글로벌 금융위기를 기점으로 세계 무역의 성장이 정체되며 수출로 먹고사는 한국 제조업의 산출 증가 역시 멈추었다는 '수급 사이클론', 한국이 역엔지니어링으로 선진국의 기술을 빠르게 추격하여 선두 주자가 되어 버렸으나 스스로의 혁신이 지체되고 있기 때문이라는 '성공이 불러온 위기론', 중국과 인도 등 후발 개발도상국들은 고속 성장을 계속하며 우리나라 기업들을 바짝 추격하고 있는 반면 일본과 미국 등의 선진 기업들과의 기술 격차는 좁혀지지 않고 있기 때문이라는 '탈추격 혁신 담론', 재벌의 과도한 수직 계열화와 내부 거래, 전속 거래가 혁신 기업의 시장 진입을 막고 경쟁을 제한해 기술 혁신과 시장의 활력을 떨어뜨리고 있기 때문이라는 '재벌책임론', 노동 생산성에 비해 과도하게 높은 임금 수준을 관철하며 생산 과정까지 통제하는 강성 노동조합 때문이라는 '노조책임론' 등이 분분하다.

이 책은 수급 사이클론과 탈추격 혁신 담론과 거리를 두고 공간 분업과 생산성 동맹의 와해를 한국 제조업 위기의 원인으로 지목하며 재벌책임론과 노조책임론을 통합하는 것으로 보인다. 하지만 제조업 위기에 대한 총체적인 대응을 위해서는 저자가 기각한 원인에 대해서도 추가적 검토도 필요하다. 먼저 수급 사이클론

강진용

이다. 한국은행에 따르면 우리나라 주력 수출품인 자동차, 조선은 글로벌 공급망 연계 비중이 각각 80.2퍼센트, 78.9퍼센트에 이른다. 최근 무역 시장이 탈세계화로 반전되고 있는 상황에서 신뢰할 수 있는 국가 간 공급망으로 전환하고 미국, 유럽연합 등 거대 경제 블록의 보호주의에 대응할 전략이 필요하다. 국내에서 노사가 생산성 동맹을 복원하여 열심히 제품을 만들어도 밖에서 팔지 못하면 소용이 없기 때문이다.

탈추격 혁신 담론에 대해서도 재고가 필요하다. 우리나라는 예산 및 인력 제약 등에 따른 원천 기술 부족으로 2001년 통계 작성 이후 기술 무역수지 적자가 계속되고 있다. 국내총생산(GDP) 대비 연구개발 투자 비율이 세계 1등이라고는 하나 2021년 한국의 국가 총연구개발비는 명목 구매력평가지수(PPP) 기준 미국의 7분의 1, 중국의 6분의 1에 불과하다.* 반도체 산업을 예로 들면, 반도체 생산에 필요한 극자외선(EUV) 노광 장비를 전 세계에서 유일하게 생산하는 ASML, 세계 각국에서 특허 6,800여 개를 보유하며 애플, 퀄컴, 엔비디아에 반도체 설계도를 제공하는 ARM 같은 기업이 우리에게는 없다. 압도적 기술 우위를 확보하기 위한 노력도 게을리할 수 없는 것이다.

또한 저자는 자동차 전장 분야 부품, 조선 고급 기자재 등 고부가가치 제품을 개발 및 양산할 수 있는 제조 스타트업을 산업 도시 울산의 미래에서 중요한 행위자로 보고 있다. 혁신 기술을 활용

---

* 나주예, 「국가 R&D 예산 줄인 와중에… "기술무역 수지는 만성 적자·원천기술 부족 심각"」,《한국일보》, 2024년 3월 7일 자, https://www.hankookilbo.com/News/Read/A2024030715290000247.

한 신제품 생산뿐만 아니라 신기술을 활용한 제조 공정 혁신 및 제조 장비 관리까지로 넓히면 제조 스타트업의 진출 영역은 실로 무궁무진하다. 부울경의 공과대학들이 배출하는 인재들, 50년 동안 축적해 온 유무형의 제조 역량 및 기반, 엔지니어링과 연구개발에 친화적인 문화가 결합하면 울산이 제조업의 실리콘밸리가 될 수 있다. 하지만 스타트업이 생기고 커가기 위해서는 인재와 자본의 원활한 공급이 필수적이다. 울산대학교와 울산과학기술원을 창업 인재의 산실로 만들고, 주로 서울에 집적해 있는 벤처 투자자들을 울산으로 유치하기 위한 노력이 필요하다. 특히 자본의 경우, 보통 전국적인 비즈니스로의 확장을 위한 시리즈A 투자 규모가 20-40억 원인데 지방은 벤처자본 자체가 부족하다 보니 서울 소재 스타트업에 비해 자금 모집에 훨씬 많은 기간이 소요되는 실정이다.

우리 모두의 문제인 울산의 문제를 풀고, 울산이 우리에게 열어 준 대안적 삶의 경로를 지키자

마르크스주의자였던 독일의 극작가 베르톨트 브레히트의 희극을 토대로 만든 〈서푼짜리 오페라〉라는 뮤지컬의 주인공 매키 메서의 대사에는 "먹는 것이 먼저요, 윤리는 나중"이라는 말이 있다. 그것은 하부구조(생산력, 생산관계)가 상부구조(정치, 사상, 도덕, 문화)를 결정한다는 카를 마르크스의 경제적 결정론을 단적으로 표현한 것이다. 이렇듯 하부구조가 중요하지만 우리의 공론장을 지배하는 것은 상부구조다. 사회적 격차, 경제적 불평등, 경제 정책보다는 언론

　　　　　　　　　　　　　　　　　　　　　　　　강진용

개혁, 검찰 개혁, 역사 논쟁 등이 우리 공론장을 지배하고 있다. 이러한 상황에서 이 책의 가치는 특별하다. 울산의 제조업을 렌즈로 삼아 대한민국 제조업, 산업 도시의 지속 가능성, 계층 이동 사다리, 지방 소멸 등 우리 모두의 먹고사는 문제를 심도 있게 고찰한다. 이 책이 더 널리 읽히고 이 책이 던지는 화두가 우리 공론장에서 계속 논의되어야 하는 이유이다.

권력과 자본이 얽혀 있는 먹고사는 문제를 풀려면 갈등을 조정하고 해결하는 정치가 제대로 이루어져야 한다. 국가, 지방자치단체, 대자본, 노동조합, 시민사회가 울산과 대한민국의 미래를 위해 머리를 맞대야 한다. 지난 2024년 7월 13일, 현대자동차 노사가 6년 연속으로 파업 없이 단체 교섭을 타결했다. 합의안에는 기본급 11만 2,000원(호봉승급분 포함) 인상, 성과급 500퍼센트에 1,800만 원 추가 지급, 주식 25주 지급, 기술직 총 800명 추가 채용, 특별사회공헌기금 15억 원 조성, 숙련 재고용 제도(촉탁계약직) 기간을 기존 1년에서 총 2년으로 연장 등의 내용이 담겼다. 산업 평화를 지켜낸 아름다운 결말처럼 보이나 여전히 생산성 동맹의 형성을 위한 시도는 보이지 않는다. 울산의 생산 기지화, 울산 노동자의 탈숙련화·탈정규직화라는 예정된 파국을 유예하고 있을 뿐이다.

서두에서 언급한 울산광역시 홍보 영상의 마지막 부분에는 커다란 고래가 울산 앞바다에서 솟아올라 하늘을 나는 장면이 나온다. 그 고래는 울산의 대규모 공장 지대와 빽빽한 주거 단지 위를 지나 계속 비상한다. 이 고래처럼 울산도 계속 비상하며 지방 소멸, 기후위기, 4차 산업혁명이라는 퍼펙트 스톰을 뚫고 산업 수도라는 위상을 공고히 하며 노동자에게 양질의 일자리를, 청년과 여성에게 주체적 삶의 기회를 제공할 수 있을 것인가? 한국 사회는 명문대 입학, 고시 패스라는 좁은 '병목'을 통과하지 않고도 중산층이 될 수 있고, 수도권에 가지 않아도 적정 소득을 벌며 품격 있게 살 수 있는 대안적 삶의 경로를 지켜 낼 수 있을 것인가?

강진용
13년 차 사무직 노동자. 고심 끝에 고른 한 권의 책을 통해 새로운 세계와 만나기를 바란다. 생성형 인공지능 시대의 읽기와 쓰기에 관심이 많다.

『울산 디스토피아, 제조업 강국의 불안한 미래』는 경남대학교 사회학과 교수 양승훈이 5년 만에 낸 단독 저서다. 전작인『중공업 가족의 유토피아』를 정말 재미있게, 아껴 가며 읽었던 기억이 있었기에 조금의 망설임도 없이 구매 버튼을 눌렀다. 내가 주로 읽는 사회과학 논픽션 분야의 책들은 이따금 이론과 개념어로 점철된 추상의 세계로 가버려 완독의 의지를 꺾거나, 탄탄하고 일관된 논의의 틀 없이 사례나 현상의 나열과 피상적인 분석에 머물러 완독의 가치에 대한 의심을 불러일으키고는 한다. 하지만 양승훈의 책은 5년 전처럼 이번에도 생생한 현장감과 사회과학적 분석의 황금 비율을 맞추며 추상과 구체 사이의 좁은 회랑을 유려하게 통과해 나간다.

서평을 작성하는 과정에서 이 책을 다룬 언론사 서평 기사를 많이 찾아보았다.『중공업 가족의 유토피아』의 후광 때문인지 많은 언론사가 책 섹션에서 이 책을 단독 기사로 다루었다. 울산 자체를 이해하기 위해 울산광역시 공식 홍보 영상, 울산의 위기를 다룬 지상파 시사 프로그램도 보았다. 여러 자료를 보며 가능한 한 다양한 논점을 추출했다. 2024년 8월 23일 서평의 초안을 완성하고 10월 4일 공모전 마감일까지 계속 수정했다. "모든 초고는 쓰레기다"라는 어니스트 헤밍웨이의 말을 절감하는 시간이었다. 서평의 핵심인 책에 대한 가치 평가는 일찌감치 완성했지만, 주의를 끄는 도입과 여운이 남는 마무리를 위해 시작 부분과 끝부분을 마지막까지 고민했다. 책의 구성과 내용 자체에 대한 충실한 소개는 서평의 기본적인 의무라고 생각해서 많은 분량을 할애했으나, 좀 더 입체적으로 흥미롭게 구성하지 못한 것이 못내 아쉽다.

독서율 최저치 경신, 출판사 영업이익 감소 등 독서의 위기가 거론되는 시기에 서평 공모전이라는 의미 있는 기회를 열어 주시고, 부족한 글을 심사해 주시고, 우수상이라는 과분한 결과를 허락해 주신 모든 담당자분들과 심사위원분들께 깊이 감사드린다.

고심해서 고른 책을 주문할 때, 배송된 책을 받아서 쥐어 볼 때, 책 날개부터 한 장 한 장 읽어 나갈 때, 책의 마지막 장을 닫을 때 등 책과 연관된 모든 순간이 행복하다. 녹록지 않은 여건에서 출판 생태계를 지키며 책을 만들고, 알리고, 팔고, 전달하는 모든 여정에서 분투하시는 분들을 생각해 본다. 책의 가치를 알아보는 성실한 독자가 되고 싶다.

강진용

사랑은 눈 감고: 고명재론

김회연

너무 보고플 땐 눈이 온다

고명재 산문

ㄴㄴ > < ㄷㄴ

『너무 보고플 땐 눈이 온다』
고명재 지음, 난다, 2023

능, 증언, 시

골다공증 진단을 받은 어머니를 등에 업고 병원에 다녀오는 길. 한여름이었고 땀이 풍풍 폭발하는 중이었지만 이 남자는 유머 감각을 잃지 않으려 애쓴다. "결국 골다공증이 맞다는 결론이 났다. 어쩐지 너무 가볍고 휘청거렸다."(76쪽) 이 너스레에 웃어도 좋을지 우리가 고민하는 사이 남자가 이렇게 회고한다. "미안해. 누가 말했는지는 기억이 안 난다."(76쪽) 자신을 업느라 땀범벅이 된 아들에게 엄마가 '이런 고생을 시켜 미안하다'고 말한 걸까 아니면 자신을 키우느라 온갖 고생을 해 뼈에 구멍이 숭숭 나버린 엄마에게 아들이 '당신을 이 지경으로 만들어 미안하다'고 말한 걸까. 어느 쪽도 덜 비참하지가 않다. 고명재 시인의 산문집은 이런 이야기들로 가득 차 있어서 도저히 마음 편히 읽을 수가 없는 책이다. 아마도 다음 시는 앞의 경험을 바탕으로 쓰인 것으로 보인다.

> 그는 다한증 때문에 여름이면 흘러내린다 아이스크림처럼 부모는 늘어버렸다 골다공증에 걸린 엄마를 등에 업고서 병원 계단을 한 칸씩 올라가다가 그는 단번에 모든 것을 알아차린다 "엄마는 새가 되기로 작정했는가" 강보에 싸인 여자가 끄덕거리고 사방에서 땀이 풍풍 폭발한다 냇물처럼 번들번들 몸이 빛난다
> ──「일흔」부분*

예컨대 그가 뙤약볕에 엄마를 업고 다니느라 땀이 쏟아진다고 말하지 않고 "다한증 때문에 여름이면 흘러내린다"는 우스갯소리로 상황을 전용하는 대목에서, 그리고 엄마의 노화에 "아이스크림처럼"이라는 직유를 발라 거기에서 어떤 동화적인 향기가 나게 하는 대목에서, 또 짐짓 비장한 투로 "엄마는 새가 되기로 작정했는가" 하며 상황을 거침없이 낭만화하는 대목에서, 우리는 이 시인이 하고 있는 사랑이 어떤 종류의 사랑인가 생각해 보지 않을 수 없다. 그러니까 땀을 뻘뻘 흘리는 자신을 보고 엄마가 미안해할까 봐 당신 때문이 아니라 다한증 때문에 흘러내리는 것이라고 먼저 너스레 떨지 않으면 안 되었고, 엄마의 늙음을 추한 것으로 만들지 않기 위해 아이스크림과 같은 달콤한 것에 재빨리 비유하지

---

* 고명재, 『우리가 키스할 때 눈을 감는 건』(문학동네, 2022), 40쪽. 이 글에서 인용하는 시들은 모두 이 시집에 수록되어 있다. 고명재의 이 첫 시집과 산문집은 아주 긴밀해서, 여기서는 두 책을 함께 읽어 보려 한다.

김회연

않으면 안 되었으며, 엄마가 곧 죽을지도 모른다는 끔찍한 사실과 대면하는 일이 아직은 고통스러워서 엄마는 곧 새가 될 것이라는 식의 낭만적인 상상으로 피신처를 세우고 그 속으로 잠시 대피하지 않을 수 없었을, 어떤 남자의 모습을 떠올리는 일 말이다. 사랑한다는 말이 단 한 번도 나오지 않지만 이 시는 사랑을 필사적으로 발휘한 결과다.

고명재의 글을 빼곡히 채우고 있는 존재가 바로 저 사랑 일변도의 페르소나다. "눈귀코로 사랑이 바글대고 있"(「시와 입술」)*다고 말하는 이 주체를 우리는 사랑의 주체라 불러도 좋겠다. 문제는 그 사랑이 발신자는 있지만 수신자는 없다는 점. 슬프게도 그는 세상을 떠난 사람에게 사랑한다고 말 건다. 눈앞에 존재하는 대상을 사랑하는 일은 이미 존재하지 않는 대상을 사랑하는 일에 비하면 얼마나 쉬운가. 고명재의 시가 아름답게 버티고 서 있는 자리가 바로 여기인 것처럼 보인다. 더는 세상에 없는 존재를 사랑하기. 우리가 타인과 맺는 관계는 처음부터 애도를 전제로 한다고 자크 데리다(Jacques Derrida)는 말했다. 불사불멸(不死不滅)이 아니라 필사필멸(必死必滅)의 인간, 그러므로 영원한 것은 없고 상실 없는 사랑도 없다. 우리가 사랑을 말할 때 그 '사랑'은 언제나 '사랑의 상실'까지를 이미 포함한다. 상실 이후에도 사랑은 계속될 수 있을까? 사랑의 대상이 사라졌는데도 사랑이 사라지지 않을 수 있을까? 만약 가능하다면 그 사랑은 상실 이전의 사랑과는 어떻게 다른(달라야 하는) 것일까? 사랑하는 자에게는 반드시 이러한 물음들과 맞닥뜨리고야 마

---

* 같은 책, 24쪽.

는 때가 온다. 그렇다면 이렇게 말하는 것도 무리가 아니다. 사랑의 주체는 곧 애도의 주체다.

고명재에게 글쓰기는 그러한 '애도로서의 사랑/사랑으로서의 애도'의 중요한 형식인 것처럼 보인다. 아마도 다음의 말들이 사랑-애도의 형식으로서의 쓰기를, 그러니까 그가 시를 통해 세상에 없는 존재를 사랑하는 방식을 더듬어 보는 데 도움이 되어 줄 것 같다.

> 그래서 제게 시란,/'이 사람이 존재했었다'/그 빛나는 사실을 드러내는 능인지도 몰라요.(54쪽)

> 그렇게 세상에 더는 없는 사람을 말하며/그게 증언인지도 모른 채 우리는 살아간다.(221쪽)

이 말들은 얼마간 롤랑 바르트(Roland Barthes)를 연상시키는 데가 있다. 더 정확히 말하면 어머니의 임종 직후 극심한 우울증적 증세를 보이면서 매일 슬픔의 일기를 썼다고 알려진 말년의 바르트를 말이다. 다음과 같은 말에서 그것은 더 명확해진다. "사랑하는 사람들에 대해 글을 쓰는 것은 우리가 알았고, 사랑했던 사람들을 정당하게 평가해 주는 것, 다시 말해 그들을 위해 **증언**해주는 것!이자 그들을 **불멸화**하는 것입니다."* 그러니까 고명재와 바르트 두 사람 모두 '증언'이라는 표현을 필요로 했다는 점에서 알 수 있듯, 그들은 세상에 더는 없는 사람들에 대한 글쓰기가 일종의 기

---

* 권희철, 『정화된 밤』(문학동네, 2022), 349쪽, 재인용. 강조는 인용자.

김회연

억술이며 사라진 존재들의 존재 증명을 대리하는 작업이라고 생각했던 것 같다. 고명재가 "이 사람이 존재했었다"는 그 "빛나는 사실"을 드러내기 위해 시를 쓴다고 말할 때, 그리고 바르트가 돌아가신 어머니에 대해 쓰는 이유를 "그녀가 글을 쓴 적이 없고, 그래서 내가 없으면 그녀에 대한 기억도 사라져버리고 말 것"*이라고 설명할 때, 두 사람은 스스로 사랑하는 사람의 증인임을 자처하고 있다. 그리하여 그 사람이 잊혀지는 것을(적어도 그들 자신으로부터 잊혀지는 것만큼은) 막아서고 있다. 사람이 죽으면 묘지를 만들고 산 자들이 일정한 시기마다 그 장소를 찾아 먼저 간 이들을 기억하는 풍습은 세계 어디를 가나 있는데, 그들에게 글쓰기는 바로 그러한 '능(陵)'과 같은 애도의 장소, 그러나 능보다 더 광막하고 더 심연인 애도의 장소를 제공한다. 자세히 읽어야 할 시가 한 편 있다.

> 첫눈은 기상청의 정의를 따르는 것 같지만 각각의 눈에서 시작되는 것 한 내시는 새벽에 홀로 궁을 걷다가 단풍 사이로 내리는 걸 분명히 봤다고 중요한 건 첫눈이 소식을 만든다는 것 눈 오네 팔월에 나는 너에게 썼다 사랑은 육상처럼 앞지르는 운동이 아닌데// (……) // 가장 이른 첫눈을 눈에 담으며 내시는 품에서 도라지를 꺼냈다 흙을 뚫고 입과 코가 트일 때까지 흰 다리를 빼곡하게 씹어 삼키며 면포를 펼치고 손끝으로 **시를 썼다고** 그리고 그는 궁을 넘어 다친 다리로 단풍나무 숲 속의 **산소로 갔다고**
> ──「선」부분**

---

* 롤랑 바르트, 김진영 옮김, 『애도 일기』(걷는나무, 2018), 244쪽.
** 고명재, 앞의 책, 23쪽. 강조는 인용자.

사랑은 눈 감고: 고명재론   85

다섯 개의 연으로 되어 있는 이 아름다운 시에서 첫 번째 연과 마지막 연만 옮겼다. 1연의 내용을 '사랑의 기상학'이라 하자. 어떤 사랑은 팔월에 눈이 오게 만든다. 눈이 오기를 기다리는 것이 아니고 당신 소식을 기다리는 것인데, "첫눈이 소식을 만(들기)" 때문에 나는 사랑의 조급함으로 눈을 기다리다 결국 팔월에 "눈 오네" 편지를 쓰고 만다. 사랑은 "육상"이 아닌데도 빨리 가고 싶어 안달이 나고 말았다. 그래서, '너무 보고플 땐 눈이 온다'. 5연의 내용을 '그리움의 행동학'이라 하자. 어떤 그리움은 궁 밖을 나갈 수 없는 내 시가 어느 새벽 궁궐 담을 넘게 만든다. 이 '선 넘기'는 도주가 아니고 도달인데, 목숨을 걸면서까지 닿아야 할 무언가가, 말 그대로 '죽을 만큼 보고 싶은' 무언가가 그에게는 있었던 것이다. 그 무모함의 정도가 그리움의 강도를 말해 준다. 겨울처럼 차가운 속도 데워 준다는 도라지를 씹어 삼키며 용기를 낸 내시는, 자신의 그리움에 정당하게 응답하러 간다.

　　명확한 인과관계로 연결되어 있는 것은 아니지만 두 연 사이에 있는 의미심장한 구절——"병실 문을 열고 죽어가는 네게로"를 가볍게 넘기지 않기로 한다면, 사랑의 1연과 그리움의 5연 사이에는 아마도 사랑하는 대상의 죽음/상실이 있는 것 같다. 이때 사랑의 주체가 상실에 대처하는 방법, 그가 괴로움 속에 취하는 두 가지 행동이 '시 쓰기'와 '산소 찾기'인 점은 기묘하다. '-ㅆ다고'의 각운과 함께 형식적으로도 내용적으로도 두 행위가 등치되고 있는 것은, 앞서 언급한 '시=능'의 은유적 도식을 재확인함과 동시에 '편지 쓰기'(1연)라는 사랑의 글쓰기가 '시 쓰기'(5연)라는 애도의 글쓰기로 나아감을 보여 준다. 사랑하는 마음이 너무 직접적으로

　　　　　　　　　　　　　　　　　　　　　　　　　　　　　김회연

발설되면 상대방이 무거워할까 봐 그 마음의 크기를 간신히 억제하며 "눈 오네" 세 글자로 가볍게 사랑을 전하던 그는, 이제 "손끝으로" 소리도 자국도 남지 않는 시를 쓰며 남몰래 그리움을 꾹꾹 눌러 담다가 끝내 참을 수 없는 보고픔의 탄성으로 담을 넘는 애도의 주체가 된다.

　　사랑하는 사람의 죽음은 그 사람과의 결별이 시작되는 지점이 아니라 그 사람에 대한 책임이, "아무도 대신할 수 없는 나의 책임이 탄생하는" 지점이다.* 그때부터 사랑은 다시 시작된다. 앞으로의 사랑은 기억해야 할 책임과 증언해야 할 사명이 부여된 사랑이라는 것을 사랑의 주체는 깨닫기 시작하고, 사랑하는 이를 상실한 후에도 그에 대한 사랑이 포기되지 않는 한 그 책임이 종결되지 않는다는 것을 알아 가기 시작한다. "어느 여름날, 나를 키우던 아픈 사람이/앞머리를 쓸어주며 이렇게 말했다.//온 세상이 멸하고 다 무너져내려도/풀 한 포기 서 있으면 있는 거란다."(「시인의 말」)** 그래서 첫 시집을 펴내며 맨 앞에 달아 둔 시인의 말은 일종의 애도 선언문처럼 읽히기도 한다. 당신이 사라졌어도 당신을 사랑하는 사람 한 사람이 여기 있으니 당신은 '있는' 거다. 당신이 세상을 떠난 순간, 아마도 그가 날카롭게 체감하고 있던 것은 (바르트식으로 말하면) 사랑하는 사람에 대한 증언에의 책임감, (고명재식으로 말하면) 당신이 존재했었다는 그 빛나는 사실을 능처럼 세워 두겠다는 책임감, 그리하여 (우리식으로 말하면) 당신이 사라진 후에도 당신을 사

---

* Jacques Derrida, *The Gift of Death*, trans. David Wills (Chicago: University of Chicago Press, 1995), p. 44.
** 고명재, 앞의 책, 5쪽.

랑하는 일을 멈추지 않겠다는 책임감이었을 것이다. 이 책임을 짊어진 자에게 애도와 사랑과 시 쓰기는 더 이상 구별되지 않는다.

사랑의 형식

사랑에 대한 시를 쓴다는 것과 시 쓰기로 사랑을 행한다는 것은 다르다. 한 편의 시가 사랑에 대해 '말하는' 것이 아니라, 시가 그 자체로 사랑의 행위가 '되는' 일. 그것은 어떻게 가능한가. 두 편의 시를 읽어 본다.

> 문을 열다가 푹 찔리고 청소를 하다가/구멍난 양말을 줍다가 앉아버리고//식사를 하다가 입속에서 뭐가 씹힐 때 골라낸 실이 흰빛의 머리칼일 때 쑥 하고 소리가 딸려와 식탁에 오른다 입을 벌린 생선이 헐떡거린다 가시와 가시 사이에는 흰 살이 차 있지 사랑을 발라낸 아침의 식탁은 너무 환해서 모두의 눈앞이 말없이 알싸해질 때 (……) 소파 밑에서 손톱 같은 게 나올 때마다 우리는 서로의 얼굴에서 눈을 돌렸다 닮은 사람들이 그렇게 조용해졌다
> ──「귀뚜라미」 부분*

늙은 엄마는 찜통 속에 삼겹살을 넣고 월계수 잎을 골고루 흩뿌려둔다 저녁이 오면 찜통을 열고 들여다본다 다 됐네 칼을 닦고 도마를

---

* 같은 책, 42쪽.

펼치고 김이 나는 고기를 조용히 쥔다 색을 다 뺀 무지개를 툭툭 썰어서 간장에 찍은 뒤 씹어 삼킨다 죽은 사람에 관해서는 입을 다물 것, 입속에서 일곱 색이 번들거린다
──「수육」 전문*

「귀뚜라미」를 먼저 읽는다. 아마도 어머니가 돌아가신 뒤인 듯한데 그 상실이 어떤 거대한 의미를 갖고 삶을 피폭하기 전, 아직은 자신에게 무슨 일이 벌어진 건지 실감이 안 되는 어리둥절한 상태에서 화자가 어머니의 상실을 불현듯이, 그러나 소스라칠 만큼 정확히 인식하게 되는 것은 집 안의 아슬아슬한 '정적' 때문이다. "장례가 끝나고 한 주는 지나야 알 수가 있다 집을 채우는 건 사람이 아니라 소리다".** 어머니의 부재가 그의 집에서 어머니 한 사람의 소리만을 거두어 간 것은 아니었다. 도대체 서로에게 무슨 말을 해야 할지 알 수 없었던 가족 구성원들 모두가 소리를 잃었다. 대화 소리와 웃음소리가 사라진 집 안을 채운 것은 귀뚜라미 소리. "밤이면 방에서 외국어 같은 게 들리고 일기장에는 귀뚤귀뚤이라고 쓴다".*** 앞의 인용 부분은 이어지는 시의 가장 핵심적인 부분이다. 가족들은 문을 열다가도 청소를 하다가도 구멍 난 양말을 줍다가도 어머니의 출몰을 목격하는데, 식사를 하다가 흰머리가 씹힐 때나 소파 밑에서 손톱 같은 게 나올 때가 바로 그 순간들이다. 그 순간들이 죽은 엄마를 살아 있게 만든다고 말할 수는 없

---

* 같은 책, 11쪽.
** 같은 책, 42쪽.
*** 같은 곳.

다. 다만 그 순간들 속에서 화자가 죽은 엄마와 '대화'하고 있을 뿐이다.

롤랑 바르트의 1978년 8월 18일 자 일기에는 이런 내용이 적혀 있다. "아직도 나는 마망과 '이야기를 한다(현재형으로).' 하지만 이 이야기는 마음속에서 나누는 대화가 아니라(나는 마음속에서 그녀와 얘기를 해본 적이 없다), **살아가는 방식 안에서 존재하는 대화**다 (……)".* 이어서 그는 이렇게 부연한다. "일상 속에 들어 있는 말없는 가치들과 함께 지내는 일(부엌, 거실, 옷들을 청결히 하고 늘 바르게 정리하기. 물건들 안에 들어 있는 과거와 아름다움을 소중하게 간직하는 일) (……) 이런 방식으로, 비록 곁에 없어도, 나는 그녀와 여전히 이야기를 나눌 수가 있다."** 이것은 일종의 커뮤니케이션이 아닐까. 세상에 없는 존재와 소통하는 방식, 그러니까 우리가 함께 누리던 일상이 있었고 어느 날 너는 거기서 혼자 빠져나가고 말았지만 그 일상의 단편마다 새겨져 있는 네 존재의 실마리들—이를테면 네가 방문을 열고 들어올 때 항상 머리부터 들이미는 습관이라든가, 싱크대를 청소할 때 늘 소량의 식초를 섞어 쓰던 요령, 혹은 이상하게도 늘 왼쪽 엄지발가락에만 구멍이 났던 네 양말 같은 것들—까지 사라진 것은 아니므로 나는 여전히 그것들에 일정한 의미와 가치를 부여하고 또 그것들로부터 의미와 가치를 건네받을 수 있다는 점에서의 '대화/소통'을 말하는 것이다. 몇 해 전 죽은 딸의 방을 여전히 치우지 못하는 부모들이 있다. 죽은 엄마에게 매일 부치지 못할 편지를 쓰는 아들도 있다. 세상 누구보다도 외로워 보이는 그들은 그러나 그 순

* 롤랑 바르트, 앞의 책, 200쪽. 강조는 인용자.
** 같은 책, 202쪽.

김회연

간 혼자 있지 않고 사랑하는 사람과 함께다. "유품을 만지는 걸 멈출 수 없다"(「엄마가 잘 때 할머니가 비쳐서 좋다」)*고 고백하는 당신은, 세상을 떠난 사람과 대화하기를 멈출 수 없는 사람이다.

「수육」도 그 '대화'가 일상 곳곳에서 참을 수 없게 출몰하는 순간을 스케치한다. 아마도 가족 중 누군가가 세상을 떠난 뒤인 듯한데, 그의 부재가 가정의 커다란 공동이 되도록 두어서는 안 되었기에 늙은 엄마는 그 상실에 대하여 충분한 양의 눈물을 흘리기도 전에 남은 가족들에 대한 무거운 책임감부터 느끼고 있었던 것 같다. 무너져서는 안 되는 그녀는 아무리 괴로워도 잘 먹어야 한다. 그래서 수육을(혹시 죽은 사람이 좋아하던 음식이었을까?) 만들어 "씹어 삼킨다". 씹어 삼키면서, "죽은 사람에 관해서는 입을 다물 것"을 먹먹하게 다짐한다. 그러나 이 시의 결정적인 반전은 마지막 구절에 있다. "입속에서 일곱 색이 번들거린다". 수육이 "색을 다 뺀 무지개"라는 정성스러운 은유로 새로 태어났고 이제 그 무지개의 일곱 색이 입속에서 번들거린다는 말은, 죽은 사람에 관해서는 입을 다물 것이라는 늙은 엄마의 다짐이 지켜지지 않을 것만 같게 만든다. 죽은 사람에 대한 이야기, 죽은 사람과 나누고픈 말들이 그녀의 입속에서 치밀어 오른다. 입 밖으로 꺼내지 않아도 '대화'는 시작될 것이다. 죽은 사람에 관해서는 입을 다물겠다고 말하는 그녀는 이미 죽은 사람과 함께 수육을 먹고 있는 것이다.

이 시들의 '내용'을 사랑이라고 말하기는 어렵다. 사랑은 이 시들의 '형식'이다. 시인이 일상 속에서 사랑하는 죽은 사람들과

---

* 고명재, 앞의 책, 55쪽.

마주쳤고 그들과 '대화'했으며 그 대화의 순간을 기억/기록하지 않을 수 없었던 결과가 이 시편들이라면, 이때 사랑은 말해지고 있다기보다 실천되고 있다고 해야 한다. '발화'인 동시에 '행위'의 층위에서의 시, 살아가는 방식 안에서 존재하는 대화의 한 형식으로서의 시. 그러니까 애도와 사랑의 동시적 실천인 시, 혹은 불가능한 사랑의 시…… 고명재식 사랑의 시는 늘 이런 식이다. 열광적인 파토스의 사랑이 아니라 기척 없는 사랑이고, 그의 표현대로라면 "화려한 광휘가 아니라 일상의 빼곡한 쌀알 위에 있"(14쪽)는 그런 종류의 사랑이다. 고명재의 화자들은 사랑하는 사람들이 세상을 떠나고 난 뒤 받은 만큼의 사랑을 돌려주겠다는 듯 사라진 그들을 향해 단정하게 사랑을 발휘한다. "죽은 씨앗에 물을 붓고 기다리는 거야 나무가 다시 자라길 기도하는 거야 소네트 같은 거 부모 같은 거 고려가요처럼 사라진 채로 입속에서 향기로운 거".(「아름과 다름을 쓰다」)* 세상을 떠난 존재들이 바로 이렇게 사랑받는다. 소파 밑을 청소하면서, 수육을 우물거리면서, 그런 빼곡한 일상적 장면들 군데군데에서 당연하고 어쩔 수 없다는 듯, 사랑은 발휘된다. 죽은 씨앗에 물을 붓는다고 나무가 다시 자랄 리는 없겠지만 어떤 이는 매일 물 붓고 기다리는 그 일로 하루하루를 겨우 살아 내기도 하는 것이다.

---

* 같은 책, 15쪽.

김회연

"용감하게 시를 쓰며 살기로 한다"

고명재는 애도와 사랑을 구분하지 않는다. 애도가 사랑을 전제로 하는 만큼이나 사랑이 애도를 내포하기 때문이다. 그래서 그의 시와 산문은 '보고 싶다'의 무수한 동의어다. 시인이 보고 싶다는 말을 아름답게 에둘러 표현한다는 뜻이기도 하지만, 보고 싶음을 맞이하는 그 나름의 방식이 글쓰기라는 뜻이기도 하다. "가슴에 머리에 손톱에 혈관에 눈빛에 사방에 지금 이 순간에 불어오는 바람 속에 토실토실한 빵 속에 당신이 있어요. 그렇게 우리는 눈부신 연관 속에 있어요. 눈 감으면 언제든 안을 수 있어요. 그러니 보고플 땐 눈 감아요. (……) 저는 그렇게 지금까지 시를 썼어요."(56쪽) 누군가에게는 신파조로 들릴지도 모르겠다. 어쩌면 죽은 당신이 여전히 내 곁에 있는 것 같다는 말이 진부하기 때문에 그에게 시가 필요했던 것은 아닐까. 삶의 모든 상투적 언어와 대결하는 것이 시의 언어라면 더더욱 그럴 것이다. 내가 사랑하는 사람이 나에게 특별한 존재인 만큼 그 사람을 '증언'하는 나의 언어도 특별하지 않으면 안 되고, 우리 관계의 고유함이 그 특별함의 요구를 낳았으므로 다른 누구도 아닌 나만이 거기에 응답할 수 있으며, 그러므로 여전히 그 사람을 사랑하는 한에서 나에게는 대체할 수 없는 '책임'이 주어진다. 그 책임이 그를 시인으로 만들었다고 믿는다. "그렇게 사랑이 사람을 기어코 거꾸러뜨리는 걸, 어린 나는 두 눈으로 똑똑히 보았다."(259쪽)

운문인지 산문인지 구별하기 힘든 문장들을 읽고 있자면 『너무 보고플 땐 눈이 온다』가 고명재의 첫 번째 산문집이면서 두 번째 시집이기도 하다는 생각을 하게 된다. 시는 그에게 별다른 것이 아니라 고유한 언어로 이루어지는, 일상에서 출몰하는 사랑하는 사람과의 '대화'의 기록이다. 그 일이 그의 삶을 위안하고 다독이기도 하겠지만 또 한편으로 그것은 얼마나 지난할 것인가. 그는 "용감하게 시를 쓰며 살기로 한다"(252쪽)고 말한다. 시를 쓰는 일에 왜 용기가 필요한 것인지 묻다가 여기까지 왔다. 산문집 맨 끝에 달아 둔 그의 마지막 말이 이 글의 마무리를 대신해 주기를 바라며 여기에 쓴다. "볼 수 없어도 계속/사랑할 수 있어요."(262쪽)

김회연

1999년 출생. 고려대학교 기계공학부를 졸업하고 고려대학교 대학원 국어국문학과에 재학 중이다.

📖 후기

시를 읽는 일이 문득 외설적으로 느껴질 때가 있다. 말하자면 181명이 타고 있던 항공기가 폭발하거나 현직 대통령이 구속 기소되는 와중에 사랑의 언어를 꼼꼼히 곱씹으면서 홀로 감동에 떨고 있는 나 자신의 모습 말이다. 이 시국에 이토록 순정한 사랑의 시라니, 대단한 시대착오가 아닌가. "시대착오적인 것은 모두 외설이다."* 이 글이 누군가에게 우스꽝스럽게 보였다면 이것이 어쩔 수 없는 외설물인 탓이다. 1년 전 이 글을 쓰고 있던 나는 '사랑'이라는 주제, 그것 말고는 아무것도 모르는 사람처럼 단독적이었다. 심사위원께서 써주신 (필자와 저자가) "거의 둘만 존재하는 공간"이라는 표현은 그러므로 지나치게 정확한 것이다. 나는 조금 민망했다.

그럼에도 이 글을 알아봐 주신 것은, 그런 단독적인 시간과 공간이 누구에게나 잠깐씩은 허용되기 때문이 아닐까 생각해 본다. 정치적이고 역사적인 문제들로부터 완전히 무관해지는 시간, 나와 내 사랑 말고는 아무도 존재하지 않는 소중하고 이기적인 공간, 그런 외설적인 시공간을 누구나 반드시 필요로 하기 때문이 아닐까. 정확히 그 시간과 그 장소에서 이 글은 쓰였다. 오로지 내가 가장 사랑하는 사람을 생각하며 쓴 글이다. 그러니 한 편의 서평으로서는

* 롤랑 바르트, 김희영 옮김, 『사랑의 단상』(동문선, 2004), 269쪽.

모자라도 한참 모자란 셈이지만, 한 통의 편지라고 생각하면 마음이 조금 놓인다. 나의 할머니에게 이 글을 드리고 싶다.

좋은 기회를 주신 《서울리뷰오브북스》와 알라딘에 진심으로 감사드린다. 살면서 처음으로 출판 과정을 경험해본 것은 평생 잊을 수 없는 행운으로 기억될 것 같다. 또 이 글의 심장인 고명재 시인께도 감사 인사를 전한다. 어떤 시를 좋아한다는 것과 어떤 시인을 존경한다는 것의 차이를 알게 됐다. 나는 그의 문장을 좋아하고(나는 그처럼 쓸 수 없기 때문에) 그의 사랑을 존경한다(나도 그처럼 사랑하고 싶기 때문에). 마지막으로 여기 써둔다. 이 주제를 놓지 않을 것이다. 계속 읽고 쓰겠다.

김회연

문화기술지가 사회비평 도서로
기획될 때 참고하게 될 영원한
레퍼런스

오병현, 유희선, 조연재

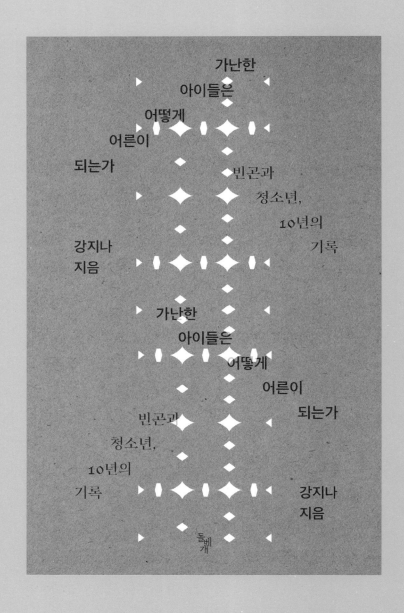

가난한 아이들은 어떻게 어른이 되는가

빈곤과 청소년, 10년의 기록

강지나 지음

돌베개

『가난한 아이들은 어떻게 어른이 되는가』
강지나 지음, 돌베개, 2023

모태 솔로가 연애 조언을 가장 잘한다는 풍문, 들어 봤을 것이다. 연애 경험이 없는 사람이 어떻게 연인과의 문제로 힘들어하는 이에게 공감하고, 적절한 도움말을 줄 수 있을까? 연애 전선에서 허우적거리는 아무개와 모태 솔로는 결여 상태에 놓였다는 점에서 같다. 그 둘은 결여를 공유하므로, 모태 솔로가 전하는 위로와 조언은 공감이자 목적이 된다. 위로가 가능해지려면 문제에 대한 올바른 앎이 수반되어야 하고, 상대방의 아픔을 받아들일 수 있어야 한다. 위로에 앞서 상대방이 앓는 결여를 이해하고, 나아가 공감하기 때문에 모태 솔로의 연애 조언은 적절하다. 이처럼 우리가 당사자의 고통에 공감하고 연민하려면, 주체의 결여 상태와 상실 문제를 올바르게 아는 데서 출발해야 한다.

문제에 공감하는 위로가 인사치레와 그 깊이를 달리하듯 누군가를 이야기할 때 당신을 알고 이야기하는 것과 모르는 상태에서 이야기하는 일은 다르다. 2024년 온라인 동영상 서비스(OTT) 웨이브(wavve)에서 방영된 정치 서바이벌 사회실험 예능 프로그램 〈사상검증구역: 더 커뮤니티〉(이하 〈더 커뮤니티〉)는 익명의 상태에서 출연자들끼리 토론을 벌이는 장면이 나온다. 그중 한 주제는 "빈곤의 가장 큰 책임은 본인에게 있다"였고, 출연자 '하마'(하미나)의 글이 인터넷상에서 큰 화제였다. 그중 "빈곤 문제에 있어서 가장 답답하다고 느끼는 지점은, 빈곤에 대한 논의가 너무 자주 빈곤하지 않은 사람들에 의해서 이루어진다는 것입니다"라는 문장은 〈더 커뮤니티〉의 명장면으로 꼽히며 각종 SNS에서 언급되어 프로그램의 역주행에 기여했다. 많은 사회 문제가 그 문제를 겪는 당사자를 제외한 채 논의되고 있다는 지적에 공감하는 이가 많았다. 가난을 극복한 개인의 극적인 신화는 늘 찬사받는다. 이러한 '개천용' 서사는 회자될수록 마땅히 선망해야 할 모범 서사가 되고는 한다. 가난을 극복하지 못한 '평범'한 빈곤 당사자들은 충분히 노력하지 않는 '열등'한 사람으로 손쉽게 폄하된다.

제아무리 연애를 많이 해본 사람도 사랑을 앓는 아무개를 이해하지 못하면, 모든 위로와 공감의 말이 공으로 돌아간다. 깊숙이 받아들이지 못한 고통 앞에서는 차라리 함구해야 할 때가 있다.

오병현, 유희선, 조연재

바라보는 동정에서 다가가는 연민으로

슈테판 츠바이크의 『초조한 마음』 속 한 인물은 두 가지 종류의 연민을 비교한다. 하나는 "나약하고 감상적인 연민"으로, "그저 남의 불행에서 느끼는 충격과 부끄러움으로부터 가능한 한 빨리 벗어나고 싶어 하는 초조한 마음"이다. 다른 하나는 "감상적이지 않은 창조적인 연민"이다. 후자는 "무엇을 원하는지를 분명히 알고 힘이 닿는 한 그리고 그 이상으로 인내심을 가지고 함께 견디며 모든 것을 극복하겠다는 의지"다.* 자기를 던질 수 있는 사람만이 진정한 연민에 뛰어들 수 있다는 말이다. 츠바이크는 등장인물의 입을 빌려, 희생이 부재한 연민은 제자리걸음일 뿐이니, 그만두는 편이 서로를 위한 일이라고 말한다.

　　사람을 변화시키는 연민은 "감상적이지 않은 창조적인 연민"이다. 우리는 타인의 가난을 마주했을 때 당사자들을 '연민'한다고 생각한다. 그러나 '동정'을 연민이라고 착각하고 있는 건 아닐까. 동정과 연민은 비슷한 단어 같으면서도 엄연히 다른 뜻을 지닌다. 저기, 덫에 걸린 사슴 한 마리가 있다고 상상해 보자. 덫에 걸린 사슴을 보고 딱히 여기며 먹이를 던져 주는 일은 동정이다. 나아가서 덫에 걸려 피 흘리는 사슴을 보며 같이 아파하는 마음은 연민이다. 연민하는 이는 사슴에게 다가가 자신의 손에 날 상처를 각오하고 덫을 풀어줄 수도 있을 것이다. 동정은 타인의 불행을 인지하고 불쌍히 여기나, 어디까지나 타인에게 일어난 일로 여기기 때문에 멀

---

* 슈테판 츠바이크, 이유정 옮김, 『초조한 마음』(문학과지성사, 2013), 236쪽.

찍이 쳐다본다. 반면 연민은 타인의 고통을 덜어 주기 위해 도움을 주려는 의지까지 포함한다.

　빈곤을 경험한 여덟 명의 청소년이 청년이 되기까지, 10년간의 성장 과정을 인터뷰로 전하는 『가난한 아이들은 어떻게 어른이 되는가: 빈곤과 청소년, 10년의 기록』은 제목 그대로 독자에게 묻는다. 가난한 아이들이 '어떻게' 어른이 되는지, 그 과정에 대한 '이해'가 '공감'까지 나아간 적은 있는지, 빈곤 당사자가 아닌 외부의 목소리를 통해 들은 빈곤 대물림을 '동정'하기를 넘어 '연민'해 본 적 있는지 질문한다. 동정은 이해(understand)를, 연민은 공감(empathy)을 바탕으로 한다. 빈곤 가정에서 자란 청소년 '현석'이 범죄에 연루된 과정을 '이해'한다면 그를 '동정'하는 데 그칠 것이다. 현석 본인의 목소리로 당신의 성장 과정을 듣지 않은 채 일탈만을 바라본다면 그가 그동안 겪어 온 고통에 '공감'하기는 어렵다. 빈곤을 물려받은 아이들을 동정하기만 한다면, 나아가 연민하기란 더욱 버겁다. 공감이 빠진 연민은 불가능하고, 이해만으로 가득 찬 동정은 당사자로부터 까마득하다. 책의 마지막 인터뷰이 '혜주'에 대해 저자는 이렇게 말한다. "10대에 혜주는 거리를 헤매며 사람들의 시선에 당혹해하는 아이였고, 20대 초반의 혜주는 빈손으로 집을 나와 어찌할 줄 모르는 청년이었다. (……) 하지만 그 시기를 거치고 나서 서서히 자기 자리를 찾아가고 제 역할을 해나가는 모습이 내게 대견해 보였다"(247쪽)라고. 책에 등장하는 여덟 아이가 저마다의 방식으로 미래를 상상했듯 누군가를 연민하기 위해서는 개개인의 목소리에 주목해야 한다.

　이들의 이야기를 경청하는 것은 빈곤이라는 사회 구조적 문

　오병현, 유희선, 조연재

제에 놓인 청소년을 어떻게 도울 수 있을지 고민하는 출발점이다. 충격과 부끄러움으로부터 도망치고 싶은 설익은 연민이 아닌, 구조적 문제를 함께 풀어헤쳐 보겠다는 단단한 연민의 시작이다. 표면적인 빈곤 대물림을 이해했다면, 이제 그들의 목소리로 말미암아 공감할 차례다. 정책·복지·교육이 닿지 못한 수면 아래 목소리가 범박할지라도 말을 이어가는 중이다. 공감하고 진실로 연민할 용기가 있다면 귀 기울여야 한다. '가난한 아이들은 어떻게 어른이 되는가?'라는 질문에 답하지 못하더라도 괜찮다. 때로는 옆에서 가만히 이야기를 들어주는 일만으로도 연민이 부풀어 오른다. 작게 주억거리는 고갯짓도 단단한 공감이다.

'어떤' 어른으로 자랐는가 묻는 대신
'어떻게' 어른으로 자랐는가 듣기

저자 강지나는 25년 넘게 고등학교에서 영어를 가르친 교사이자 청소년 정책 연구자다. 가난한 집에서 자란 아이들에게 교사로서 직접적인 도움을 주고 싶은 마음에 사회복지학을 공부했다. 가난한 청소년이 청년으로 자라며 마주하는 문제와 우리 사회의 교육·노동·복지가 맞물리는 지점을 적극적으로 탐사해 왔다. 가난과 빈곤 대물림을 둘러싼 현실을 파헤치며 담론을 넘어설 정책을 제안하기도 한다. 또한 청소년 정책 연구자로서 가난이라는 굴레에 놓인 아이들이 어떻게 삶에 대한 긍정과 희망을 발굴하는지 관찰한다. 그 과정에서 저자는 여덟 명의 빈곤 과정 청소년과 10여 년간

만남을 이어왔다.

수치화되지 않고, 대상화되지 않은 아이들의 목소리는 문화기술지를 뛰어넘는 성장담으로 읽힌다. 통계, 등급, 점수로 치환되지 않는 자기만의 목소리다. 소희, 영성, 지현, 연우, 수정, 현석, 우빈, 혜주, 여덟 청(소)년은 빈곤 대물림이라는 굴레에서 저마다의 방식으로 삶을 잇는다. 긍정하거나, 우울하거나, 버티거나, 이탈한 아이들의 속사정은 현재 진행형이다. 당사자성에 귀 기울인 글쓰기는 사회적 인식, 복지, 교육 등으로 담론을 확장한다. 저자가 전하던 목소리는 독자들의 마음속 화살표가 되어 사회 구성원으로서 생각해야 할 정책의 방향을 가리킨다.

『가난한 아이들은 어떻게 어른이 되는가』는 빈곤 대물림 속 청소년이 어떻게 청년으로 자라는지 뒤따라간 연구자의 글쓰기다. 사회의 가장자리에서 메아리쳐 왔던 여덟 목소리가 더 멀리까지 닿기를 바랐던 저자의 결연한 의지는 독자로 하여금 그 가장자리를 넓혀 갈 명분과 대안에 수긍하게 한다. 들어 본 이야기를 넘어 들어야 하는 이야기로 확장하는 이 책은 당사자가 되어 보지 않은 이들에게 던지는 비판 섞인 질문이다.

연구자의 논문이 대중을 향한 사회비평서로

저자가 박사 과정에서 쓴 두 논문 「빈곤 대물림 가족 청소년의 대응 기제」와 「빈곤 청소년의 빈곤 대물림 경험과 진로 전망」은 『가난한 아이들은 어떻게 어른이 되는가』의 골조다. 전자는 빈곤 청소년이 직면하는 어려움을, 후자는 가난을 극복하기 위해 빈곤 청소년들이 어떠한 전략을 취했는지를 다룬다. 편집 과정을 거치며 두 논문의 두 가지 주제는 한 권의 책으로 갈무리된다. 저자의 말마따나 "가난을 통해 아이들이 어떻게 굴절되고 또 일어서는지"(7쪽)를 담았다.

저자는 빈곤 청소년의 성장 과정을 사실적으로 옮기고자 인터뷰이로 참여한 아이 중 여섯 명을 10년간 정기적으로 만났다. 부제에서 언급한 '10년의 기록'은 여타 빈곤 주제를 다룬 도서와 가장 두드러지는 차이다. 저자는 개개인의 생애를 더욱 구체적이고 진솔하게 서술한다. 논문이 책이 되는 과정에서 여덟 명의 청소년 곁에 있었던 조부모, 사회복지사, 교사 등 주변 어른의 발화는 배제됐다. 몇몇 독자들은 이로 인해 객관성이 떨어진다거나 풍부한 서술이 담기지 않았다고 비판하기도 했지만, 아이들 한 명 한 명의 목소리에 온전히 집중하기 위해 주변인들의 발화를 덮어 두었으리라 추측한다. 또한, 수치나 통계로서 빈곤 가정 아이들을 바라보지 않고 한 주체로서 아이들의 삶에 깊이 이입한다는 점 역시 큰 울림을 준다.

더불어 논문은 하나의 주제에 여러 명의 인터뷰가 섞였지만, 책에서는 하나의 주제에 한 명의 인터뷰이를 배정했다. 한 쪽에 여러 명의 목소리가 삽입되었다면 개개인의 목소리가 뭉뚱그려질 우려가 있었다. 하나의 장에 한 명의 인터뷰를 담은 덕에 오롯이 한 명의 빈곤 청소년에게, 하나의 주제에 집중할 수 있었다. '지현'의 '긍정 에너지'와 '연우'의 '우울' 등 당사자의 캐릭터를 이해하는 데에도 도움을 준 편집 방향은 독자가 집중력을 잃지 않고 빈곤 청소년들의 이야기를 끝까지 읽어 나갈 힘을 보탠다. 다소 무거운 주제임에도 독자가 페이지를 빠르게 넘길 수 있도록 문단을 잘게 나누고, 각 장의 형식을 인터뷰-전반부와 사회비평-후반부로 배치해 책이 말하고자 하는 바에 독자가 더욱 몰입하도록 돕는다.

『가난한 아이들은 어떻게 어른이 되는가』의 목차는 인접한 주제를 가까이에 배치했다. 목차를 크게 나누면 '빈곤 가정의 생태', '빈곤 가정 아이들의 진로 결정', '학교 밖 청소년', 세 부분으로 묶이기도 한다. 첫 번째에서 세 번째 장──소희, 영성, 지현의 가정 환경에서는 '빈곤 가정의 생태'를, 네 번째에서 여섯 번째 장──연우, 수정, 현석의 속사정에서는 '빈곤 청소년의 진로'를, 일곱 번째에서 여덟 번째 장──우빈, 혜주의 방황에서는 '학교 밖 청소년'을 대주제로 한다. 이와 같은 구성으로 한 장의 중심이었던 개개인의 이야기들이 하나의 맥락으로 엮여 서로 연결성을 가지게 되고, 책의 전체적인 완성도가 높아졌다. 이 여덟 명의 아이가 모든 빈곤 청소년의 인생을 대변할 수는 없을지라도, 이들의 이야기는 특정 개인의 경험을 넘어 빈곤 속에서 성장하는 청소년이 겪는 현실을 일부분이나마 구체적으로 보여 준다.

각 장은 빈곤 청소년의 음성을 담은 '인터뷰'와 그를 바라보는 저자의 시선을 담은 '뒷이야기'로 나뉜다. 전반부를 빈곤 대물림을 겪은 청소년의 생애 인터뷰를 중심으로 풀어 간다면, 후반부는 청소년 개개인에게서 한 발 떨어져 학술적 연구의 방식으로 빈곤 문제의 원인을 분석하고 대안을 제시한다. 즉, 전반부는 개인적인 이야기를 다뤄 쉽게 읽힌다는 점에서 '접근성'을 높이

오병현, 유희선, 조연재

고, 후반부는 빈곤 대물림 문제에 대해 전문적으로 분석하고 현실적 정책을 제안하며 '전문성'을 갖춘다. 흡인력 있는 당사자의 목소리에 거시적 쟁점들을 조화롭게 섞어 깊이를 더하는 점층적인 구성이다. 감성으로 독자의 마음을 열고, 이성으로 설득하는 구성을 갖추고 있어 일반 독자들이 머리로는 이해할 수 있으나 심적으로 공감하기 어려운 빈곤 대물림 문제를 체감케 하는 사회비평서이다.

진정성과 전문성으로 확보한 독보적 위치

팬덤을 보유한 기성 작가나 특정 분야에서 저명한 전문가의 저서가 아님에도 『가난한 아이들은 어떻게 어른이 되는가』가 사회과학 분야에서 30주 넘게 베스트셀러 자리를 지킬 수 있었던 까닭은 기출간 도서들과의 차별성에서 찾을 수 있다.

학술 자료에 기반하여 빈곤 문제를 다룬 기출간 도서는 두 권이 있다. 『사당동 더하기 25』*와 『빈곤 과정』**이다. 두 도서는 학술적 문체로 쓰인 사회과학서다. 『사당동 더하기 25』는 2010년대에 출간한 도서로 사회과학 문제를 다루는 강의와 토론 등 많은 곳에서 인용될 만큼 큰 영향력을 끼쳐 왔다. 『빈곤 과정』은 빈곤의 원인과 사회적 메커니즘을 데이터와 문화기술지에 기반하여 분석하는 책으로 관련 분야의 연구자들이 읽기 적합한 책이다. 이 두 책

* 조은, 『사당동 더하기 25』(또하나의문화, 2012).
** 조문영, 『빈곤 과정』(글항아리, 2022).

은 『가난한 아이들은 어떻게 어른이 되는가』와 소재의 측면에서는 유사하지만, 학술 자료를 풀어낸 방식에서 큰 차이를 보였고 상대적으로 전문적인 독자층에게 어필이 되었다. 반면 『가난한 아이들은 어떻게 어른이 되는가』는 학술 자료에 기반했음에도 다소 감성적이고 서사적인 문체로 진입 장벽을 낮추었다. 빈곤 당사자와 관찰자의 목소리를 함께 담아 빈곤 대물림 가정에서 자라 온 청(소)년의 육성을 통해 빈곤 당사자 한 사람 한 사람이 당면한 주관적 어려움을 생생하게 전한다. 또한, 청소년을 대면하는 교사이자 연구자인 작가의 애정 어린 시선으로 빈곤 대물림의 원인과 결과, 해결 방안까지 제시하는 학술적 객관성을 더한다.

빈곤 문제를 다루면서도 빈곤 청소년 문제로 주제를 좁힌 도서는 『알지 못하는 아이의 죽음』*과 『우리가 만난 아이들』**을 예로 들 수 있다. 이 책들은 앞선 두 권과 달리 학술적 전문성보다 개인적 서사성에 방점을 뒀다. 『알지 못하는 아이의 죽음』은 스스로 목숨을 끊은 현장실습생 김동준 군의 가족과 지인의 인터뷰를 통해 청소년 노동자 문제를 지적한다. 『우리가 만난 아이들』은 기자 세 명이 1년 동안 100여 명의 소년범을 만나 심층 인터뷰와 설문 조사를 통해 그들의 생애를 깊이 있게 들여다본다. 두 책은 인터뷰를 중심으로 청소년 문제를 다루었다는 점에서 『가난한 아이들은 어떻게 어른이 되는가』와 유사하다. 추측건대 『가난한 아이들은 어떻게 어른이 되는가』 편집 기획 당시 이 두 책의 서술 방식을 참고하되, 인터뷰이의 목소리를 더 와닿게 하는 방법을 고

---

* 은유, 임진실 사진, 『알지 못하는 아이의 죽음』(돌베개, 2019).
** 이근아·김정화·진선민, 『우리가 만난 아이들』(위즈덤하우스, 2021).

오병현, 유희선, 조연재

민했을 것이다. 그러나 이 책은 청소년 노동자 문제를 비롯한 빈곤 가정 아이들의 우울감, 범죄, 학교 밖 청소년 등 보다 폭넓은 문제를 엮어 냈다는 점에서 여타 도서와 다르다. 개인이 겪는 빈곤 문제를 넘어서 세대를 거슬러 나타나는 빈곤 '대물림'에 초점을 맞춘 기획에서도 차이가 있다. 그동안 빈곤 문제, 청소년 문제, 청소년 빈곤 문제를 다룬 책은 있었지만, 빈곤 청소년이 청년으로 자라는 10년의 시간을 두고 생애주기마다 그들을 추적한 사회비평서는 부재했기에 이는 독자들에게 유의미한 차별성을 제공했을 것이다.

가장 큰 차별점은 빈곤 당사자 본인의 구체적인 생애 인터뷰와 전문 연구자의 분석적인 시각이 함께, 한 권의 책으로 엮였다는 점이다. 통계 속 숫자 너머의 빈곤 문제를 담아내기 위해 빈곤 대물림을 겪은 청소년들 곁에서 10년간 그들의 목소리를 경청하며 그려 낸 도서라는 측면에서 『가난한 아이들은 어떻게 어른이 되는가』는 남다른 진정성을 지닌다.

지극히 개인적인 이야기가 지극히 사회적인 문제로

『가난한 아이들은 어떻게 어른이 되는가』는 2024년 9월을 기준으로 9쇄를 발행했으며, 그 인기는 지금까지 유효하다. 그러나 판매 지수만으로는 어떤 흐름을 바탕으로 베스트셀러에 올랐는지, 또 어떤 독자들이 어떻게 읽었는지 파악하기 어렵다. 이에 다각적인 측면에서 출간 이후의 과정을 해체해 보았다. 책이 세상에 나온

후 독자에게 가닿기까지의 여정을 살펴본다.

네이버 검색량 추이로 책 출간 이후부터 2024년 8월까지 이 책이 검색된 양을 역추적했다. 이 데이터를 통해 검색량이 급증한 시기를 확인할 수 있었다. 책이 출간된 2023년 11월과 12월 그리고 2024년 3월과 4월, 7월에 검색량이 많았다. 해당 시기와 맞물리는 이슈로 2023년에는 '예스24 올해의 책' 선정과 전자책 출간이, 2024년에는 《오마이뉴스》 저자 인터뷰, 서울국제도서전 '2024 한국에서 가장 좋은 책' 선정, 독서 모임 트레바리 도서 등록이 있었다. 공유가 많이 되었던 인터뷰 혹은 영향력 있는 매체·플랫폼에서 이 책을 거론한 시기와 검색량 급증 시기가 일치했다. 다양한 방식으로, 또 주기적으로 독자들에게 노출되었던 것이 촉매제가 되어 점차 '읽어야 할 책'으로 자리 잡았음을 알 수 있다.

이번에는 독자의 시선에서 책을 만나게 되는 경로를 따라가 보자. 독자 유입 경로를 파악해 본 결과* 독서 모임을 통해 이 책을 읽은 이들의 비중이 높았다. 흥미로운 점은 출간 직후 6개월보다 2024년 6월부터 9월까지 석 달 사이 책을 접한 독자가 많았다는 것이다. 독서 모임 관련 글 중 절반 이상이 이 석 달 안에 쓰였다. '책은 출간 후 석 달 동안 가장 많이 팔린다'는 출판업 내부의 정설과 다른 양상이었다. 이러한 추이를 통해 이 책이 단순히 개인적인

---

* 독자 유입 경로는 온라인 서점 리뷰나 판매 지수만으로는 파악이 어려워 독자 개개인의 사소한 일상과 동선이 드러난 매체에서 확인하고자 했다. 따라서 책이 출간된 2023년 11월부터 2024년 8월까지 게재된 200여 개의 네이버 블로그 게시물을 살폈다. 그중 유입 경로가 드러난 게시물은 88건이었으며, 그중 3할이 조금 넘는 26건의 게시물에서 독서 모임을 유입 경로로 확인했다.

오병현, 유희선, 조연재

침잠으로 향하는 소극적 독서에서 그치는 것이 아니라, 여러 사람과 함께 읽고 토론하며 의견을 나누기에 적합한 책임을 확인할 수 있었다. 출간된 지 약 1년이 지나서도 지속적으로 독자들에게 읽히고 있다는 점에서 그 주제와 내용이 여전히 사회적 관심을 끌며 공동체 내에서 활발한 논의의 대상이 되고 있음을 보여 준다. 이는 책의 메시지가 여전히 유의미하며, 독자들이 이를 통해 사회적 이슈를 더 깊이 탐구하고자 했다는 의지를 반영한다.

독자의 시선을 확인하는 또 다른 방법이 있다. 온라인 리뷰에서는 더욱 직접적이고 다양한 목소리를 포착할 수 있었다.* 리뷰에 나타난 독자의 공통된 사회통계학적 특성을 살펴보면 이들을 두 그룹으로 묶을 수 있다. 첫 번째는 교사와 사회복지사 등 청소년을 대면하는 직업인, 두 번째는 자녀를 키우며 가난한 아이들의 이야기에 마음이 움직인 40대 이상 여성이다. 전자는 생활 반경이 청소년에 인접해 있다. 책에 등장하는 빈곤 청소년을 직접 만난 경험이 있기에 그들의 경제적 어려움, 사회적 자본의 부족, 낙인감 등에 깊이 공감한다는 감상을 남겼다. 더불어 빈곤 청소년 문제를 개선해 나가야 할 직업적 소명 의식을 느끼기 때문에 동기 부여가 되기도 했다. 후자는 IMF 시기 청소년기를 지나며 빈곤을 경험했고, 지금은 누군가의 부모가 되어 청소년 문제에 관심을 가질 만한 4050세대 독자가 되었다. 이들의 리뷰를 통해 그들의 문제의식이 책과 유

---

* 온라인 서점 3사(예스24, 알라딘, 교보문고)에 남긴 후기 182건을 키워드별로 분석해 보면 '긍정적인 감상'과 '감정적인 반응', '책 내부 요소'와 '책 외부로의 확장'으로 추려진다. 주변 사람들에게 추천(긍정적 감상)한다는 후기가 제일 많았고, 논의의 필요성(책 외부로의 확장)을 언급하는 후기가 다음이었다.

기적으로 연결되고 있음을 확인할 수 있었다. 그러나 베스트셀러가 된 후에는 특정 독자층에 한정되지 않고 다양한 이들에게 읽혔다. 독자 한 명의 감성적인 후기는 추천을 통해 예비 독자에게 전해졌고, 단순한 감상을 넘어서 빈곤 대물림 문제에 대한 사회적 논의가 필요하다는, 당사자 편에 선 이해와 공감으로 이어지고 있다. 많은 리뷰에서 주변 사람들에게 책을 추천하거나 논의의 필요성을 언급한 점이 두드러졌다. 이 책은 독서 경험을 개인적 차원을 넘어 사회적 논의의 장으로 발전시키는 데 기여하고 있으며 독자는 빈곤 경험자나 빈곤 및 청소년 관련 종사자 그 너머의 누군가로 확장되었다.

저자는 인터뷰*를 통해 빈곤이 개인의 문제가 아니라는 사실을 수차례 꼬집으며, 문제를 해결하기 위해서는 사회 구조적 관점에서 바라봐야 한다고 지적하고는 했다. 이 외에도 북토크를 통해 『가난한 아이들은 어떻게 어른이 되는가』가 안타까움과 같은 감정적 공감에 머물지 않고 사회적 논의로 이어지기를 바란다는 의견을 피력해 왔다. 아래에서는 숱한 독자를 만나며 책이 확장성을 가지게 되었을 때 일어나는 일들을 확인시켜 준다.

이 책은 누군가에게 빈곤 청소년이 직면한 현실 문제를 깨닫게 하여 봉사·후원과 같이 개인이 실천할 수 있는 해결 방안을 강구하는 계기가 되어 주기도 했으며** 다른 누군가에게는 사회적

---

* 박민규, 「가난은 경제적 문제만이 아니라 아이들의 성장 욕구 망가뜨려」, 《가톨릭평화신문》, 2024년 8월 21일 자, https://news.cpbc.co.kr/article/1158685.
** "최근에 책 『가난한 아이들은 어떻게 어른이 되는가』를 읽었어요. 서울에서는 많이 봤지만 제주에서는 보지 못해서 가난한 아이들이 사라진 줄로만 알았는데 그게 아니더

오병현, 유희선, 조연재

논의의 시발점을 제공하기도 했다.* 책의 영향력은 책을 덮을 때 비로소 시작된다. 독자는 '듣는' 사람에서 '하는' 사람으로 변화했고 사회 구조적 관점에서 빈곤 대물림을 이해하고 그 너머의 문제와 방안에 골몰했다. 책에 대한 기사 보도 흐름 또한 일반적이지 않다. 책이 출간되면 초기에 기사가 집중적으로 쏟아지고, 시간이 지나면 관심이 줄어들면서 보도가 잠잠해지는 것이 일반적이다. 그러나 이 책은 출간 이후에도 꾸준히 독자들의 관심을 받으며, 지속적인 기사와 리뷰가 이어지고 있다. 더불어 이 책의 출간 이후 '빈곤'을 주제로 한 책의 출간 수는 이전 1년 대비 3배 이상 증가했다.** 독자가 빈곤 문제에 주목하는 데 이 책이 영향을 끼쳤으며, 독자의 수요를 따라 출판업계가 연관 도서를 출간했다고 추측할 수 있지 않을까. 저자의 바람은 현실이 되고 있다.

라고요. (⋯⋯) 상대적으로 제주도는 빈부격차가 적지만, 분명 목소리를 내지 못하는 아이들이 있을 것 같아요. 그런 아이들의 이야기를 듣고 싶다는 생각이 들었어요." 박순우, 「'나다운 결혼식' 치른 부부, 10년 후 이렇습니다」, 《오마이뉴스》, 2024년 8월 11일 자, https://omn.kr/29mxd.

* "현직 교사인 강지나의 책 『가난한 아이들은 어떻게 어른이 되는가』(2023)에 주류 담론에서 배제된 이들의 이야기가 나온다. (⋯⋯) 한국의 대학 담론은 모두 경쟁 논리 위에서 작동한다. (⋯⋯) 정작 대학을 간절한 꿈으로 여기는 이들은 이 논쟁에 없다. 대학 담론의 한 축을 이들에게 돌려서 대학의 공공성을 높이는 데 힘을 쏟으면 어떨까?" 조형근, 「대학이 꿈인 사람들」, 《교수신문》, 2024년 8월 27일 자, http://www.kyosu.net/news/articleView.html?idxno=123747.

** '빈곤' 관련 도서는 『가난한 아이들은 어떻게 어른이 되는가』 출간 이전 1년간(2022년 10월 2일-2023년 11월 2일) 4권 출간되었으며, 출간 이후 1년간(2023년 11월 3일-2024년 10월 1일)은 13권 출간되었다. (알라딘 주제 분류 기준 '국내도서-사회과학-사회 문제-빈곤/불평등 문제' 해당 도서)

바람을 만난 파도가 점점 거대해지듯

책의 표지는 제목을 통해 계단식 구조를 형상화하여 '성장'을 나타낸다.* 가난이라는 환경적 제약이 아이들이 성장하는 데 밟고 올라가야 할 계단을 더 가파르게 만든다는 의미를 담았다. 책을 덮고 가파른 계단을 올라 청년이 된 아이들이 책 밖으로, 각자의 길을 좇아 나아간다고 상상해 본다. 성장과 희망으로 향하는 이 책의 여정은 저자와 여덟 아이부터 시작해 편집자, 디자이너를 거쳐 독자에 이르렀다.

개인의 목소리에서 시작한 이야기는 사회적 담론으로 확장한다. 연구자를 향한 논문이 대중을 향한 사회비평서로 변모하며, 독자 또한 자연히 연구자에서 대중으로 확산 중이다. 저자는 그동안 연구자들이 들고 있던 마이크를 빈곤 당사자들에게 넘긴다. 당사자들을 향했던 마이크는 이윽고 독자에게 향한다. 독자들은 마이크를 바통처럼 넘겨받으며 감상과 담론, 지지부진한 정책 등에 한마디 남긴다. 책 한 권으로 세상을 바꾸기는 어렵겠지만, 책 한 권으로 변화한 한 사람 한 사람으로 말미암아 세상은 긍정적인 방향으로 향하고 있다. 책을 만든 이들과 이를 읽은 사람들은 각자의 자리에서 최선을 다하고, 그 노력이 모여 변화를 만들어 낸다. 단순한 정물에 불과했던 책이 독자를 통과하며 꿈틀거리는 생물로 승화한다. 책을 덮는 순간, 당사자의 목소리는 끝이 아니라 새로운 시

---

* 표지 디자인을 맡은 김민해 디자이너의 설명이다. 김민해·엄지혜, 「텍스트로 하나의 이미지를 만든 책」,《행간과 여백——돌베개 북:레터》2, 2024년 8월 21일, https://dolbegae79.stibee.com/p/18/.

오병현, 유희선, 조연재

작점에 선다. 책 바깥세상으로 움트는 아이들의 목소리는 독자를 만나 비로소 수만의 목소리로 울린다.

독자는 타인과 함께 나누고 싶은 논의의 지점을 제공받고, 책을 통해 당사자성의 세계로 들어가는 물꼬를 텄다. 저자는 '빈곤'은 정책적 개념이고, '가난'은 서사적 개념에 가까워 후자를 제목에 넣었고, 아이들의 성장 과정을 담고자 '어떻게'를 제목에 담아냈다고 말한 바 있다. 이에 저자는 '가난'한 청소년이 청년으로 자라며 겪는 개인적인 문제와 사회 정책에서의 어려움을 결과가 아닌 과정으로 담았다. 독자들은 개인 서사로서의 가난에 감정적으로 반응하는 동시에 현 정책에 대한 비판으로써 '빈곤' 담론에 동참한다. 결과가 아닌 '어떻게'라는 과정에 감응한 독자들의 감상과 논의는 바람을 만난 파도가 거대해지듯 사그라지지 않고 몸집을 부풀리고 있다.

서두에서 예로 들었듯 공감과 연민은 문제에 대한 올바른 앎을 바탕으로 한다. 결여를 감각하지 못한 사람이 결여된 이를 이해하는 일은 불가능하고, 고통에 공감한다는 말은 더욱 믿기 힘들다. 가난이라는 단어를 마주할 때 흔히 떠올리는 무지, 게으름, 불쌍함 등의 모호한 이미지를 넘어설 차례다. 실제 빈곤 대물림이 무엇인지 당사자에게 귀 기울여 이해하려는 자세는 그동안 보지 못했던 문제를 더듬고 끌어안아 보겠다는 의지다. 빈곤 가정 청소년이 어른으로 자라 온 길을 뒤따른 독자들은 제도적 회복탄력성을 높여줄 대안의 시급함을 깨닫기도, 그들이 사회 구성원으로 함께하는 과정을 응원하기도 했다. 숱한 질문이 이어지고 있으므로 하나의 정답은 무용하다. 여덟 아이가 각자의 방식으로 당신의 삶을 건축하기를 바랄 뿐이다. 이해와 공감은 이야기에 귀 기울이기 위해 품을 낮춘 자세에서 시작한다. 슬픔을 나누면 절반이 된다고 믿기로 한다.

오병현
출판 편집자 지망생. 책 한 권이 세상을 바꾸지 못할지라도 좋은 책을 읽은 사람들이 모여 세상을 긍정적인 방향으로 이끌고 나아갈 것이라 믿는다. 문학, 인문, 사회, 독자와 얽힌 출판업을 조망하며 세상을 이해하기 위해 아등바등 애쓴다. 겨울에 태어났지만, 추위를 잘 탄다.

유희선
독자의 세계를 넓히는 책을 만나면 가슴이 뛰는 출판 마케터. 나 하나 살아남기 바쁜 세상에서도 타인을 돌아보게 하는 책을 팔고 싶다. 가치 있는 책의 값어치를 높이는 일에 관심이 많다.

조연재
편집자를 꿈꾸는 예비 출판인. 연구원을 지망하며 사회복지를 공부했지만, '읽는 이와 더 가까이 닿고 싶은 열망'을 외면할 수 없어 출판의 길을 선택했다. 글이 가진 힘과 책이 만들어 내는 연결을 고민하며, 읽는 이에게 더욱 풍성한 독서 경험을 선사할 편집자가 되고자 한다.

1호선 전철이 용산역에서 노량진역으로 향하는 한강철교 위였다. 때늦은 추위로 한강 수면이 언 2월의 어느 날이었다. 밤새 엉겨 붙은 수면이 낮에 들어서 조금 녹았는지 얼음 조각들이 너울에 출렁였다. 바람이 여전했지만, 볕은 따뜻했다. 얼음 조각들이 작은 섬처럼 보였다. "사람들 사이에 섬이 있다"던 정현종 시인의 시구로 읽혔다. 꽝꽝 언 땅도 느슨해지는 날. 얼어붙은 수면을 깨뜨리는 볕이 책과 닮았다는 생각이 들었다.

『가난한 아이들은 어떻게 어른이 되는가』를 읽다가 나도 모르게 눈물이 흘렀다는 후기를 심심찮게 발견했다. 단순한 공감에 그치지 않고 그다음을 향해 발 디딘 독자도 많았다. 강지나 작가님의 바람대로 빈곤 대물림이라는 사회 구조적 문제를 어떻게 해결할 것인지 논의하는 담론에 숱한 독자가 힘을 보탰다. 책 한 권이 세상을 바꾸지 못하더라도 좋은 책 한 권을 읽은 사람들이 모여 세상을 긍정적인 방향으로 이끈다고 믿는다. 『가난한 아이들은 어떻게 어른이 되는가』는 그러한 책이다. 여전히 빈곤 대물림 속에서 성장하는 아이들이 있을 테지만, 이제 우리는 그 아이들이 어떻게 어른으로 자라는지 안다. 우리 사이에 뜬 섬을 향해 손 흔드는 일부터 해본다.

책 한 권을 깊고 넓게 톺아보는 방식으로 서평을 작성한 만큼, 김혜영 책임편집자님과 강지나 작가님, 솔직하고 용기 있게 인터뷰에 응해준 여덟 청(소)년들에게 감사한다. 우주리뷰상을 계기로 더욱 많은 독자에게 『가난한 아이들은 어떻게 어른이 되는가』가 가 닿길 바란다. 슬픔의 깊이가 저마다 다를지라도 책이 있는 한 우리의 가장 어두운 구석에도 볕이 든다. 긴 겨울이 가고 다시 봄이 왔다. 섬에 닿기를 바라는 마음으로 인사를 갈음한다.

책 하나의 사건

우수작

무위의 계보학

이두은

How to Do Nothing

아무것도
하지
않는 법

제니 오델 지음 **JENNY ODELL** 김하현 옮김

『아무것도 하지 않는 법』

제니 오델 지음, 김하현 옮김, 필로우, 2023

무위이무불위

아무것도 하지 않는 법? 일견 난센스처럼 들리는 이 책의 제목은 줄곧 무언가를 '함'에 익숙해진 현대인의 눈길을 사로잡는다. 그런데 아무것도 하지 않는 일에도 어떤 요령이나 방법이 필요할까? 가령 더 많은 휴식을 취하거나 더 긴 휴가를 보내는 이들이 아무것도 하지 않는 법을 터득한 사람들일까? 아니면 근래 유행처럼 번지는 '불멍'이나 '물멍' 따위의 '멍때리기'를 일종의 '아무것도 하지 않는 법'으로 이야기할 수 있을까?

저자 제니 오델(Jenny Odell)이 제시하는 '아무것도 하지 않는 법'은 우리가 통상적으로 이야기하는 타성이나 나태와는 다르다. 책의 원제인 'How to Do Nothing: Resisting the Attention Economy'를 보면 알 수 있듯이, 저자가 말한 '아무것도 하지 않는 법'이란 소위 관심경제(Attention Economy)에 대한 일종의 저항으로서 제시된다. 관심경제란 인간의 '관심'을 자원이나 상품으로 보아, 이를 통해 시장을 공략하거나 개발함을 가리키는 경제 용어이다. 허버트 사이먼(Herbert A. Simon)이 처음 제시한 이 개념은 물론 그 자체만 놓고 보자면 중립적인 개념이지만, 제니 오델의 책에서 이는 현대 자본주의 시장의 메커니즘을 상징하는 부정적 개념으로 등장한다. 그러니까 저자가 말하는 관심경제란 현대 자본주의 시장 메커니즘의 일부이다. 시장은 끊임없이 사람들의 이목을 끌 수 있는 어떤 대상을 만들어 내고 이를 조장하여 시장을 확대한다. 사람들은 다양한 영역에서 관심의 유혹에 노출되어 있는데, 이를테면 우리가 매일같이 마주하는 뉴스나 다양한 광고, SNS의 피드 등이 모두 이러한 관심경제의 산물인 셈이다.

　물론 이 책은 단순히 경제 영역에 대한 비판만을 다루고 있지 않다. 저자의 관심은 경제를 넘어 정치와 문화·예술 나아가 환경 문제까지 아우르는데, 이 과정에서 저자는 관심경제가 이상의 다양한 영역에서 힘을 행사하거나 과시하고 있음을 폭로한다. 따라서 저자가 비판적으로 바라보는 관심경제는 현대 '자본'의 부정적 측면 일반이라고 봐도 무방할 것이다. 그것은 사실상 우리가 살아가는 이 세계의 거의 모든 영역에 침투해 있다. 하지만 관심경제가 지배하는 오늘날의 세계는 이미 구조적으로 견고한 만큼 이를 거부하거나 부정하는 일은 말처럼 쉽지 않다. 그렇다면 저자가 말하는 '아무것도 하지 않음'은 이러한 관심경제로 작동하는 자본주의

　　　　　　　　　　　　　　　　　　　이두은

에 어떠한 균열을 가할 수 있을까?

　저자가 제시한 '아무것도 하지 않는 법'을 말하기에 앞서, 우선 고대 중국의 사상에 대해 간단히 이야기해 볼 필요가 있다. 사실 '하지 않음'이나 '함이 없음'이란 말들은 이미 2천 년 전 고대 중국에서 활발하게 논의되었던 주제이다. 흔히 '무위(無爲)'라고 불리는 이 개념은 고대 중국의 사상가인 노자(老子)에 의해 제창되었으며, 이후 중국 도가 사상을 이해하는 하나의 키워드로 자리매김했다. 우리가 현재 보는 『노자』라는 책(왕필본)에는 이 '무위'라는 말이 10여 차례 이상 반복하여 나오는데, 모두 작위적인 어떤 행동에 반대하여 등장한다. 그러니까 무위란 작위나 인위적 행위 일반에 대한 안티테제인 셈이다. 이해를 돕기 위해 일명 『도덕경』이라 불리는 『노자』의 관련 구절 몇 개를 살펴보자.

> 잘난 자를 숭상하지 않아, 백성으로 다투지 않게 만드네. 얻기 힘든 재화를 귀히 여기지 않아, 백성으로 도둑이 되지 않게 하네. 욕심 낼 만한 것을 내보이지 않아, 백성으로 마음이 어지럽지 않게 하네. (……) 저 똑똑한 자로 하여금 감히 작위적으로 행동하지 못하게 하리라. '무위'를 실천하면 다스려지지 않음이 없으리라.(『노자』, 제3장)*

> 천하에 금기사항이 많아지면 백성은 더욱 가난해지고, 백성에게 예리한 기물이 많아지면 나라는 더욱 어지러워지네. 사람들에게 잔재주가 많아지면 기이함도 많아지고, 법령이 분명해질수록 도둑과 강

---

* 不尙賢, 使民不爭. 不貴難得之貨, 使民不爲盜. 不見可欲, 使心不亂. (……) 使夫知者不敢爲也. 爲無爲, 則無不治.

도도 많아지네. 그러므로 성인은 말하네. "내가 '억지로 함이 없으니 (無爲)', 백성이 절로 변화하는구나."(『노자』, 제57장)*

첫 번째 인용 구절에서 노자가 중시하는 것은 우리가 통상 가치 있다고 여기는 것과는 다르다. 일반적으로 사회에서는 '잘난 자(賢人)', '똑똑한 자(知者)', '얻기 힘든 재화(難得之貨)' 등을 귀하게 여기지만, 노자는 오히려 이러한 대상들이 사람의 마음을 혼란하게 한다고 지적한다. 똑똑한 사람이나 희소가치가 있는 사물은 어떤 의미에서 자연스럽거나 보편적이지 않다. 그것은 자신을 더 멋지게 보이도록 꾸민 결과일 수도 있고, 또 평범한 것들의 가치를 깎아내리거나 비교하여 자신을 드높인 결과일 수도 있다. 따라서 노자의 주장에 따르면, 사람들이 이러한 대상에 '관심'을 쏟을수록 욕심과 위선이 발생하며, 인간의 자연스러움을 잃고 만다. 두 번째 인용한 구절은 이러한 문제를 사회 시스템의 문제로 여겨 비판한다. 마찬가지로 노자는 '금기사항(忌諱)', '법령(法令)', '예리한 기물(利器)', '잔재주(伎巧)' 등을 숭상하는 사회가 오히려 혼란을 가중한다고 보았다. 금기사항이나 법령이 사회의 법 시스템이라면, 예리한 기물과 잔재주 등은 사회를 풍요롭게 만들어 줄 인프라 정도로 이해할 수 있겠다. 그런데 아이러니하게도 사회 질서를 위해 만든 법 시스템이 오히려 사람들을 과도하게 감시하고 통제하는 올무가 되어 인간의 삶을 피폐하게 한다. 마찬가지로 사람들의 편의를 위해 만든 문명의 이기와 기술의 발전이 오히려 약은 꾀나 속임수를 만들어

---

* 天下多忌諱, 而民彌貧. 民多利器, 國家滋昏, 人多伎巧, 奇物滋起. 法令滋彰, 盜賊多有. 故聖人云: 我無爲, 而民自化.

이두은

내는 부작용을 낳는다.

따라서 노자는 이상에서 열거한 비본래적인 것들을 추구'하지 않음(無爲)'으로 인간의 본래적 삶을 가꾸자고 주장한다. 물론 제니 오델이 말한 '아무것도 하지 않음(Do Nothing)'과 노자의 '무위'를 같은 맥락에서 논한다는 것은 한계가 있어 보인다. 앞에서도 지적했듯이, 저자가 '하지 않음'을 내세운 배경에는 현대 자본주의의 관심경제라는 현상이 있다. 반면 노자가 '무위'를 주장한 배경에는 현대적 의미의 자본주의보다는 고대 중국의 봉건주의와 이를 지탱하는 예교(禮敎) 이데올로기 혹은 법치(法治) 제도의 문제가 존재한다. 따라서 제니 오델의 '하지 않음'과 노자의 '무위'를 같은 개념으로 논하는 것은 분명 견강부회의 해석에 빠질 위험을 안고 있다. 그렇지만 한편으로 양자 모두 '하지 않음', 즉 '무위'를 통해 기존 사회의 문제점을 폭로하고 있다는 점, 나아가 이를 통해 인간 본연의 존재 방식에 대해 고민한다는 점에서 유사한 의미 맥락을 형성하고 있는 것도 사실이다.

무위, 즉 무언가를 '하지 않음'이란 아주 오래된 인간의 성향 중 하나이다. 무위는 기존의 권위를 인정하지 않거나 전복하려는 경향이기도 하고, 부조리에 대한 저항의 표출 방식이기도 하다. 동서와 고금을 막론하고 이러한 무위는 인류 역사에서 지속되어 왔다. 세계사를 살펴보건대 무언가를 짓고 쌓고 지키는 무리가 있는가 하면, 다른 한편에서는 그것을 부수고 해체하는 무리도 늘 존재해 왔다. 세기에 따라 무위는 혁명이라는 모습으로 드러나기도 했고, 또 나타(懶惰)를 가장한 태업으로 전개되기도 했으며, 극단적 액션을 취하지 않는 비폭력 시위로 등장하기도 했다. 그러니까 무위는 어떤 주의(主義)나 이즘(ism)이라기보다 그러한 주의와 이즘을 배태하고 작동하게 하는 하나의 원리나 기저라고 볼 수 있다. 요컨대 인간 역사는 '위(爲, Acting, Doing)'의 역사 뒤에 가려진 무위의 역사라고 보아도 좋을 것이다.

그러므로 무위란 정말 아무것도 하지 않는 포기나 정지와는 구별된다. 이 절의 제목으로 삼은 '무위이무불위(無爲而無不爲)'라는 말은 무위의 이러한 속성을 잘 보여 주는 노자의 말이다. '하지 않지만 이루지 못함이 없다'라는 '무위이무불위'는 실은 잘못 '하고' 있는 무언가를 '제대로 할 수' 있게 돕는 방법이지, 정말로 아무것도 하지 않는 수수방관을 뜻하지 않는다. 이런 맥락에서 제니 오델이 말한 '아무것도 하지 않음' 또한 사실상 기존 행위에 대한 반성과 개혁을 의미한다. 저자가 서론에서 밝혔듯이 그녀는 독자의 초점을 우리 사회에 만연한 관심경제에서 거두어 '공적이고 물리적인 영역'으로 옮겨심기를 희망한다.(20쪽) 따라서 이 글은 제니 오델이 제시한 '아무것도 하지 않음'을 '무위'의 계보 안에서 바라보고자 한다.*

무위의 관점에서 제니 오델의 책을 읽는 것이 꼭 억지 해석만은 아닌 것이, 실제로 저자가 서론에서 관심경제의 굴레에서 벗어날 하나의 방법으로 '쓸모없음의 쓸모'를 말하기도 했기 때문이

---

* 이 글에서는 제니 오델의 '하지 않음(Do Nothing)'과 노자의 '무위(Non-action)'를 상호 참조적 용어로 쓸 것이다. 엄밀히 말해 이 두 용어는 서로 다른 의미를 내포하고 있다. 전자가 기존 체제에 대한 거부와 저항으로의 반(反)행위를 가리킨다면, 후자가 내포하는 바는 작위적 행위에 대한 반성, 즉 '억지로 하지 않기(혹은 자연스럽게 행동하기)'이다. 하지만 양자가 부정적으로 바라보는 '행위/함(Action/Doing)'이 인간의 본성과 자유로운 삶을 방해한다는 점에서 이들은 유사한 문제의식을 공유한다.

이두은

다. 저자가 거주하는 캘리포니아 오클랜드에는 '잭 런던'이라는 거대한 참나무 한 그루와 '할아버지' 혹은 '나이 많은 생존자'라는 별명을 가진 미국삼나무 한 그루가 자생하고 있다고 한다. 두 거목은 벌목꾼들의 위협 속에서도 대략 500년이라는 세월을 버텨 왔는데, 그 비결은 바위 위에 뿌리내렸다는 지리적 조건 외에도 나무의 구불구불한 형태와 관련 있다. 즉 나무가 오랜 세월을 견딜 수 있었던 이유는 나무에 목재로서의 쓸모가 없었기 때문이다. 역설적이게 (목재로서의) 쓸모없음이 나무 자신에게는 일종의 쓸모로 작용한 셈인데, 이는 저자도 밝히고 있듯이 중국의 『장자』라는 고전에 이미 나와 있는 이야기이다.(23-25쪽) 그리고 이를 쓴 장자(莊子)가 노자의 무위 사상을 계승하고 있다는 점은 굳이 따로 언급할 필요가 없을 것이다.* 그러니까 저자는 책에서 은연중 고대 중국의 무위나 무용(無用)이라는 개념을 자신의 '하지 않음'에 대한 근거로 삼고 있다.

　　목재로서의 쓸모를 잃은 나무가 벌목꾼의 '관심' 밖에 있듯이, 저자는 무위나 무용의 방식, 즉 '하지 않음'을 통해 '관심경제'의 울타리 밖에 자신을 둔다. 아래에서 제니 오델이 제시한 다양한 무위의 사례를 통해 '아무것도 하지 않는 법'의 면면을 살펴보자.

---

* 고대 중국의 사상에서 노자와 장자는 노장(老莊)으로 불리는데, 흔히 이 둘은 도가를 대표하는 사상가로 여겨진다. 장자가 노자의 사상을 계승하고 있는 만큼 『장자』라는 책 속에서 무위, 무용, 무욕(無欲) 등의 개념이 많이 보인다. 제니 오델이 인용하고 있는 『장자』의 '쓸모없음의 쓸모(無用之用)'는 『장자』의 「소요유」, 「인간세」, 「산목」 편 등에서 여러 차례 보인다.

천 개의 무위

저자 제니 오델은 이 책에서 다양한 '무위'의 예시를 열거한다. 저자는 에피쿠로스의 쾌락과 디오게네스의 자유분방함으로 시작해, 헨리 데이비드 소로의 『월든』과 허먼 멜빌의 「필경사 바틀비」 같은 작품들을 논하는가 하면, 몽고메리 버스 보이콧과 1960년대 미국에서 유행하던 코뮌 운동에서 시작해 존 케이지의 공연과 데이비드 호크니의 사진 작품을 거쳐 다시 생태주의로 이야기를 마무리 짓는다. 또 방금 열거한 인물과 작품 이외에도 저자는 다양한 '무위'의 사건들을 추적하며 그 의미를 현대적으로 재조명한다. 따라서 이 책은 무위의 여러 사건이나 작품, 인물 등을 톺아보고 그 의미를 분석한 일종의 '무위 계보학'이라고 부를 수 있겠다. 물론 각각의 '무위'적 사건과 작품 그리고 인물들은 서로 느슨하게 연결되어 있을 뿐, 엄밀한 의미에서의 '계보'를 형성하고 있지는 않다. 하지만 저자가 서로 무관해 보이는 다양한 무위의 대상들을 하나의 콜라주로 엮을 때, 우리는 미처 깨닫지 못했던 우리 주위의 무수한 무위, 즉 '하지 않음'의 의미에 대해 새로이 발견하게 된다.

디지털 디톡스

디지털 기기로부터 멀어지거나 잠시 기기의 사용을 중단하는 '디지털 디톡스'는 저자가 제시하는 '하지 않는 법'의 대표적 예이다. 그렇다고 디지털 디톡스라는 것이 저자만의 특별한 경험이나 주장은 아니다. 이미 20세기부터 디지털 중독과 그로 인한 폐해에 대한 우려 섞인 목소리들이 출현했으며, 디지털 디톡스는 이에 대

이두은

한 반향으로 자주 거론되고는 했다. 예컨대 움베르토 에코(Umberto Eco)의 「팩스를 사용하지 않는 방법」(1989)과 「휴대폰을 사용하지 않는 방법」(1991)이라는 두 글은 디지털 기기에 대한 세기말적 반감을 드러내고 있으며, 이러한 기기로부터 거리를 유지할 때 인간의 주체적 삶을 회복할 수 있다고 주장한다.*

제니 오델 또한 어떤 프로젝트에 참여하기 위해 시에라 네바다의 한 오두막에 갔다가 휴대폰 신호가 잡히지 않는 며칠간의 디지털 디톡스 휴가를 보내게 된다. 처음 몇십 분간 당혹스럽고 불안했던 마음은 시간이 지나자 점차 평온해진다. 그때 저자는 휴대폰이라는 것이 하나의 네모난 금속 사물에 불과하다는 것을, 나아가 그것은 진정한 의사소통의 도구가 아님을 깨닫는다. 그러면서 저자는 디지털 디톡스를 제창한 선구적인 인물 레비 펠릭스(Levi Felix)와 그가 운영한 디지털 디톡스 여름 캠프, 캠프 그라운디드(Camp Grounded)를 소개한다. 캄보디아에서의 개인적 경험을 바탕으로 꾸려진 캠프 그라운디드는 다음과 같은 몇 가지 규칙을 캠프 안에 정해 놓았다.(80쪽)

NO 디지털 기술

NO 네트워킹

NO 휴대폰, 인터넷, 스크린

NO 일 이야기

NO 시계

---

* 움베르토 에코, 이세욱 옮김, 『세상의 바보들에게 웃으면서 화내는 방법』(열린책들, 2009).

NO 상사

NO 스트레스

NO 불안

NO FOMO(fear of missing out)

　이상의 몇 가지 규칙들은 우리가 현대에 마주하는 불안의 정체를 어렴풋이 보여 준다. 많은 경우, 우리가 디지털 기기를 붙잡고 있다는 것은 우리의 일, 우리의 생계와 직접적으로 관련 있다. 현대인들은 늘 디지털 기기의 스크린을 통해 업무를 전달받으며, 그 업무를 언제까지 처리해야 한다는 데드라인의 압박 속에 살아간다. 아울러 사람들은 어떤 정보나 기회를 놓칠까 봐 전전긍긍하기도 하고, 특정 모임이나 집단에서 소외되는 것은 아닌지 조바심을 내기도 한다. 그런데 곰곰 살펴보면 이러한 모든 불안이 결국 디지털 기기를 매개로 증폭된다는 사실을 알 수 있다. 이런 의미에서, 캠프 그라운디드를 통해 사람들은 잠시나마 불안을 증폭시키는 요소에서 해방되어 삶의 어떤 여유를 찾을지도 모른다.

　하지만 디지털 디톡스 휴가라는 '무위'는 다음과 같은 문제점 또한 안고 있다. 첫째, 과연 디지털 디톡스가 인간을 자유롭게 할 영구적인 해결책일 수 있을까? 최근 우리 사회도 (청소년들의) 디지털 중독, 도파민 중독 등의 폐해를 인식해서인지, 여러 가지 '디지털 디톡스 캠프'를 운영하는 모습을 심심치 않게 볼 수 있다. 하지만 이러한 캠프는 늘 이벤트성 기획 행사로 소모될 뿐, 지속적인 삶의 모델을 제시하지 못한다. 말 그대로 디톡스 휴가는 '캠프'의 형식으로 모였다 해체되기에 단발적 효과만을 줄 뿐이다. '캠프'를

　　　　　　　　　　　　　　　　　　　이두은

벗어나는 절대다수의 시간 속에서 사실상 우리는 디지털 기기 없이 생활할 수 없다. 둘째, 제니 오델이 지적했듯이, 디지털 디톡스와 관련한 모임이나 행사는 쉽게 상품화된다. 사람들은 휴가를 보내듯이 기획된 디톡스 상품을 소비하며 불안에서 해방되는 경험을 살 뿐이다.(83쪽) 예컨대 우리나라에서 통신사가 중심이 되어 디지털 디톡스 캠프를 운영한다는 사실은 제니 오델이 지적한 상품화의 문제를 잘 보여 준다. 따라서 문제는 디지털 디톡스를 단순한 캠프나 휴가의 방식으로 소비하는 데 있지 않고, 어떻게 우리 생활에서 일상화할 수 있는지에 있다. 지속적으로 실천할 수 있는 디지털 디톡스의 방식은 무엇일까? 저자는 이에 대해 구체적으로 논하지 않는다. 아마도 이는 책을 읽는 독자의 몫으로 미뤄 둬야 할 것이다.

코뮌 운동과 그 유산

1965년과 1970년 사이에 미국 전역에서 1천 개 이상의 공동 집단이 형성되었다.(90쪽) 그 배경에는 당시 지속되던 냉전과 그 여파로서의 베트남 전쟁이 자리하고 있다. 사람들은 미국이라는 거대한 자본주의 체제에 대항하여 새로운 공동체의 가능성을 모색했고, 그렇게 기존 직장을 그만두거나 도시 생활을 떠나, 한적한 전원이나 농장에서 집단생활을 시작했다. 저자는 당시 50여 곳의 공동 집단을 방문한 작가 로버트 후리엣(Robert Houriet)의 글과 작품을 분석하며 당시 들불처럼 번지던 코뮌 운동의 의미를 되새겨 본다.

코뮌 운동은 분명 무위의 형태를 띤다. 무엇보다도 반정치적이고 반국가적이며 반도회적이라는 점에서 그러하다. 그것은 특별한 계급이나 계급의식을 부정한다는 점에서 반정치적이고, 다양한 사회 조직이나 제도를 만들어 내지 않는다는 점에서 반국가적이며, 도시 생활을 등지고 자연 친화적 삶을 꿈꾼다는 점에서 반도회적이다. 다시 말해 코뮌 운동은 기존의 국가나 정부가 강조해 온 체계와 이념을 부정하면서 '무위'를 실천하고자 했다. 하지만 비극적이게도 이러한 코뮌 운동은 모두 실패하여 역사의 뒤편으로 사라지고 말았다. 그리고 차이는 있지만 각각의 공동 집단이 존속한 기간 또한 그리 길지 못했다.

제니 오델은 코뮌의 이러한 한계에 대해 몇 가지 중요한 사실을 지적한다. 첫째, 집단생활은 어찌 됐든 일정한 통치 체제가 필요하다는 사실이다. 그것은 국가적 의미에서의 통치는 아니지만, 여전히 공동체 내 개인의 권리를 보장할 시스템, 구성원들에게 특정 의무를 부여할 권력을 요구한다. 반국가적 기치를 내걸고 기존 사회를 떠나온 이들에게 이러한 새로운 형태의 '국가'는 분명 딜레마로 작용했다. 어떤 이들은 공동체가 또 다른 의미의 '국가화' 되는 것에 불만을 품기도 했고, 또 어떤 이들은 단순히 기존의 국가 시스템에 저항할 수단으로서만 공동체 생활을 바라보기도 했다. 일부 구성원들만 특정 규율을 따르는가 하면, 나머지 구성원들은 이러한 의무를 저버린 채 단순한 자유만을 주장했다. 둘째, 공동체 구성원의 폐쇄성이다. 코뮌의 구성원은 교육받은 백인 중산층이 압도적으로 많았는데, 이러한 사실은 그들이 꾸린 공동체가 특정 집단의 사상이나 이념을 대변하는 이익 집단으로 변질될 가능성을 내포하고 있었다. 셋째, 자유로운 이탈이다. 집단생활에 불만을 가진 구성원은 언제라도 공동체를 떠날 수 있었다. 그러다

이두은

보니 공동체의 지속도 공동체 구성원의 '기분'에 좌우지될 수밖에 없었다.

진정한 의미의 무위 공동체는 불가능할까? 그것은 실체가 없는, 그래서 어디에도 존재하지 않는 유토피아에 불과할까? 물론 코뮌 운동의 다양한 시도들은 그 나름의 의미가 있을 것이다. 하지만 코뮌 운동이 실패한 것은 결국 사람들이 '무위'의 겉모습만을 흉내 낸 탓이 아닐까? 그것은 결국 억지로 '무위'하는 과정에서 벌어진 한바탕 소동이 아니었을까?* 제니 오델은 코뮌 운동을 마르크스적 의미의 '유령'으로 묘사했지만, 이 글에서는 이를 다시 노자의 소국과민(小國寡民)과 비교해 보려 한다.

나라를 작게 하고, 백성을 적게 하라. 여러 인재를 두되 쓰지 않게 하라. 백성이 죽음을 중시하여 멀리 옮겨 살지 않게 하라. 비록 배와 수레가 있어도 그걸 탈 일이 없게 하라. 비록 갑옷 무기가 있어도 그걸 입을 일이 없게 하라. 백성들이 다시 새끼줄을 맺어 쓰게 하라. 자신의 먹을거리를 달게 여기리라. 자신의 입을 거리를 곱게 여기리라. 자신의 사는 곳을 편히 여기리라. 자신의 습속을 즐거워하리라. 이웃 나라가 서로 바라보고, 닭과 개의 소리가 서로 들려도 백성들은 늙어

---

* 코뮌 운동의 성패와 관련해 공동체론의 관점에서 이를 살펴보는 것도 제니 오델의 『아무것도 하지 않는 법』을 읽어 내는 하나의 방법이 될 수 있다. 특히 장-뤽 낭시(Jean Luc Nancy)가 제시한 무위(desoeuvrement)의 공동체 개념을 통해 제니 오델의 무위를 읽어 볼 수는 없을까. 예컨대 그가 강조한 외존(exposition)과 존재의 탈자화(extase)는 최소한 제니 오델이 말한 관심경제의 영역 바깥에서 논의 가능한 담론들이다. 낭시의 글에 대해서는 장-뤽 낭시, 박준상 옮김, 『무위의 공동체』(그린비, 2022) 참고.

죽을 때까지 서로 왕래하지 않으리라.(『노자』, 제80장)*

노자가 제시한 '작은 나라 공동체'는 형태도 형태이거니와 무엇보다 백성들이 무위를 체화하고 있다는 점에서 주목할 만하다. 그러니까 노자에게는 나라의 크기나 도시 사이의 거리, 문명이 제공하는 다양한 이기의 존재 여부가 중요한 게 아니라, 그것들을 누리거나 사용하지 않아도 만족할 수 있는 백성들의 소박한 마음가짐이 중요한 것이다. '무위'의 공동체는 지금 이 순간에도 어딘가에서 발생하고 있을지 모른다. 그것은 작게는 개인의 생활이나 가정의 영역 안에서 일어날 수도 있다. 우리는 이러한 무위의 움직임을 단순히 공동체를 저해하는 위험 요소로만 간주할 수 없다. 그렇다고 무위를 기존 사회를 대체할 완벽한 대안으로 맹신하는 것도 위험하기는 매한가지다. 다만 그 안에서 우리 자신의 본래 자아와 마주할 수 있다면, 그것은 코뮌의 '유령'이 우리 곁에 사라지지 않을 이유가 될 것이다.

월든에서 장미 정원까지

제니 오델이 다양한 무위의 사례를 열거하는 가운데 긍정한 인물이 있다면 헨리 데이비드 소로를 꼽을 수 있을 것이다. 잘 알다시피, 소로는 1845년 7월부터 1847년 9월까지 2년 2개월의 시간을 매사추세츠주의 콩코드강 가에 있는 월든(Walden)이라는 호숫가에

---

* 小國寡民. 使有什伯之器而不用. 使民重死而不遠徙. 雖有舟輿, 無所乘之. 雖有甲兵, 無所陳之. 使民復結繩而用之. 甘其食, 美其服, 安其居, 樂其俗. 鄰國相望, 雞犬之聲相聞, 民至老死, 不相往來.

이두은

서 살았다. 소로가 월든 호수에서의 생활을 시작한 데에는 다양한 배경이 있겠지만, 1840년대 일어난 유토피아 공동체, 특히 브룩 팜(Brook Farm)이나 프루트랜즈(Fruitlands) 등의 생활 공동체가 소로에게 어느 정도의 영향을 주었던 것 같다.* 이는 앞서 이야기했던 1960년대 미국의 코뮌 운동과도 묘하게 겹치는데, 사실상 '무위'의 다양한 시도들이 시대를 이어 지속되었음을 보여 주는 예라고 할 수 있겠다. 여하튼 기존 사회의 관습과 제도를 벗어나 홀로 월든을 찾은 소로의 다음과 같은 말은 '무위'를 이상적으로 내면화한 한 개인의 독백이기도 하다.

> 나는 숲으로 갔다. 온전히 내 뜻에 따라 살고, 삶의 본질적인 면에 부딪치고 싶었기 때문이다. 삶에서 배워야만 하는 것을 내가 배울 수 있는지 확인해 보고 싶은 마음도 있었다. 또 죽음을 맞게 됐을 때 지금껏 제대로 살지 않았다고 후회하고 싶지도 않았다. 나는 삶이 아닌 삶을 살고 싶지 않았다. 삶은 정말로 소중한 것이니까. 나는 불가피한 경우가 아니면 이런 목표를 단념하고 싶지 않다. 나는 깊이 있는 삶을 살며, 삶의 골수를 완전히 빨아먹고 싶었다.**

인용한 글에서 우리는 소로가 제도권 밖의 삶을 추구한 이유가 진정한 삶을 발견하고 누리기 위함이었음을 알 수 있다. 그러니까 월든에서의 삶은 제도권 안에서 생활'하지 않는' 일종의 '무위'

---

* 헨리 데이비드 소로, 제프리 S. 크래머 주석, 강주헌 옮김,『주석 달린 월든』(현대문학, 2011), 19쪽.
** 같은 책, 142쪽.

인 셈이다. 소로의 이러한 무위적 삶은 이미 월든 생활을 하기 전부터 싹텄다. 예컨대 소로는 주정부에 인두세를 내지 않음으로써 주정부의 정책에 항거했다. 이때 소로는 하루 동안 구금되는데 당시의 기억을 엮어 강연한 기록이 『시민 불복종』이다. 이 글에서 소로는 당시 미국인들이 자율적인 삶 대신 기계적 삶을 살고 있다고 비판한다. 나아가 단순히 정부 정책의 어떤 안건에 대해 가부의 입장을 취하는 것을 넘어서 정부의 존립과 필요 자체에 의문을 던진다.

무위는 단순히 어떤 대상을 거부하는 차원을 넘어 그 대상과 대상을 둘러싼 실존에 의문을 제기한다. 제니 오델은 이에 대한 예시로 허먼 멜빌의 소설 「필경사 바틀비」를 든다. 소설에서 바틀비는 상사의 요구에 매번 "안 하는 쪽을 택하겠습니다"라는 말로 응수한다. 여기서 바틀비는 그저 상사의 요구를 따르지 않는 것이 아니라, 질문의 성립 조건 자체를 거부한다.(135쪽) 그리고 이 지점이 바로 무위의 진정한 기능이 드러나는 대목이라고 볼 수 있겠다. 즉 무위는 단순히 '노'라고 말하는 것이 아니라, '예스'와 '노'로 이뤄진 틀 자체를 벗어나 무엇이 우리를 그러한 결정으로 내모는지 반성하게끔 한다.

소로에게 납세 거부가 정치적 의미에서의 무위였다면, 월든에서의 생활은 미학적이면서도 실존적 차원에서의 무위이다. 물론 저자는 소로의 납세 거부와 같은 정치적 결단 또한 '아무것도 하지 않는 법'의 예로 긍정하지만, 그녀가 더욱 공감하는 무위의 방식은 후자이다. 월든 호수에서 보여 준 소로의 무위는 저자의 책에서 모르콤 장미 정원(Morcom Rose Garden)으로 연결된다. 이곳은 저자 제니 오델이 살고 있는 캘리포니아 오클랜드에 있는 작은 정원

이두은

이다. 그런데 저자가 이 정원에 와서 주로 하는 일이란 그저 새를 관찰하는 일이다. 상업적 생산성과는 거리가 있는 새 관찰은 저자에게 관심경제의 울타리를 벗어나 새로이 세계를 이해할 하나의 계기를 만들어 준다.

> 새 관찰은 온라인에서 뭔가를 찾아보는 행위의 정반대에 있다. 실제로 새들을 찾는 것은 불가능하다. 새들을 불러내 눈앞에 모습을 드러내게 할 수는 없다. 할 수 있는 일이라곤 조용히 걸어 다니면서 소리가 들릴 때까지 기다리는 것, 그러다 새소리가 나면 나무 아래 가만히 서서 동물적 감각을 이용해 어디에 어떤 새가 있는지 파악하는 것뿐이다.(44쪽)

저자는 새 관찰을 통해, '찾아보는' 방식을 내려놓고 '찾아오는' 방식의 새로운 의미를 발견한다. 우리는 이제껏 무언가를 찾아내고 성취하기에 급급한 삶을 살아왔다. 가만히 바라만 보다가는 기회를 놓칠지 모르는 경쟁 사회 속에서 오직 적극적으로 탐색하고 쟁취하는 것만이 미덕이라고 배워 온 것이다. 하지만 저자는 새 관찰하기를 통해 기다림과 귀 기울임의 미덕 또한 우리 삶에 필요함을 역설한다. 적극적으로 새를 '찾아보려는' 노력이 '위'의 세계를 대변한다면, 담담히 새가 '찾아오기를' 기다리는 것은 '무위'의 세계를 상징한다.

아울러 저자는 필연의 완벽함을 추구하는 세계 속에서, 우연의 느슨함을 역설하기도 한다. 새란 어떤 존재인가? 새는 우리가 기대하는 방향으로만 나는 것도 아니고, 우리가 올려다보는 나무위에 꼭 둥지를 트는 것도 아니다. 저자는 수년간 까마귀를 관찰했지만, 까마귀는 늘 그녀의 이해 영역 바깥에 있다.(193쪽) 그런 의미에서 새의 움직임은 일종의 열린 세계이다. 새는 인간의 계산과 법칙을 한참 벗어나 있다. 그것은 필연의 세계 바깥에서 저 홀로 자유롭다. 기대한 바가 이뤄지지 않을 때, 또는 예측한 것들이 빗나갈 때 우리는 흔히 이것들을 실패라고 부른다. 하지만 장미 정원에서 이러한 일들은 그저 작은 해프닝에 불과할지도 모른다. 그것은 처음부터 성패의 이분법과는 무관하기 때문이다.

저자는 장미 정원에서의 새 관찰하기를 통해 단순히 인식의 전환만을 주장하지 않는다. 그녀는 새 관찰하기로부터 구체적 무위의 실천 방향을 제시한다. 예컨대 그녀가 멧종다리라는 새의 관찰을 통해 배운 것은 단순히 새의 종류나 습성에 대한 지식 말고도, 그녀 자신과 멧종다리가 하나의 생태 안에서 교감하고 있다는 사실이다. '자연 속에서 홀로'라는 말은 일종의 모순 어법이다. 아무도 없는 정원 안에서도 다양한 정원 속 존재들, 이를테면 어치와 큰까마귀, 검은눈방울새, 매, 칠면조, 잠자리, 나비, 참나무, 삼나무 등이 함께 있는 것이다.(246쪽) 따라서 정원 산책과 새 관찰하기는 인간과 비인간 사이의 장벽을 허무는 생태주의의 가능성을 보여준다. 이제껏 인간과 인간 사이의 네트워킹과 교제만이 존재 연결의 전부라고 생각했다면, 독자는 제니 오델의 장미 정원을 통해 더 유연하고 다채로운 네트워킹의 현실을 확인할 수 있다.

이두은

무위 너머의 것들

앞에서 저자가 말한 무위의 몇 가지 예를 살펴보았지만, 사실 책에는 더 많은 무위, 즉 '하지 않는 법'들이 다양하게 소개되어 있다. 비록 이 글에서 그 전부를 확인할 수는 없었지만, 이들 무위가 공통으로 지향하는 바를 말한다면 관심의 새로운 방향성이라고 요약할 수 있을 것이다. 즉 저자는 우리가 단순히 관심경제에서 관심을 거두는 것뿐 아니라, 관심을 다른 곳으로 돌리는 것 또한 중요하다고 강조한다.(170쪽) 다시 말해, 저자는 관심경제를 넘어서서 새로운 관심의 형태를 제안한다. 그것은 이제껏 우리가 발견하지 못한, 아니 발견하기를 꺼리던 존재와 대상에 대해 다시 배우고 연결됨을 뜻한다. 장미 정원이라는 비생산적인 공간과 새 관찰하기라는 무위의 시간은 저자에게 일터와 도시라는 기존의 관심 영역에서 벗어나 새로운 관심의 장을 열어젖힌다.

따라서 무위는 어떤 완결이 아닌, 하나의 전환이자 접속이다. 그것은 비유컨대 우리의 관심과 에너지를 다른 방향으로 쏟을 수 있게 돕는 키이다. 우리는 정해진 길을 벗어나 새로운 흐름을 탈 수도 있고, 또 전혀 낯선 장소에 다다를 수도 있다. 그리고 이 과정에서 이전에는 미처 몰랐던 참다운 나/너를 찾을지도 모른다. 다만 문제는 우리에게 과연 얼마큼의 무위적 시공간이 마련되어 있는가이다. 소로의 월든과 제니 오델의 장미 정원과 같은 무위의 공간이 우리에게도 있는가? 아니 꼭 무위의 공간은 그런 정원이나 숲의 모습으로만 드러나야 하는가? 무위의 시간은 반드시 우리가 지금 평범하게 누리는 보통의 시간을 반납하고서야 가능한가? 이러한 물음들은 독자에게 여전히 불명확하게 남아 있다.

　한 가지 분명한 점은 우리에게 '함(為)'이 있는 이상, '무위'의 계보가 지속되리라는 사실이다. 아마 사람들 대다수는 '함'의 관성에 매여 일상의 삶을 이어갈 테지만, 소수의 누군가는 새로운 관심의 영역을 개척하고, 또 새로운 관심의 형태를 만들어 갈 것이다. 이제 우리에게 필요한 것은 저마다의 무위를 소소하게나마 나눌 수 있는 장이나 출구의 마련이다. 우리의 삶터에서 매일같이 벌어졌다 소리 없이 사라지고 마는 무위, 무위들. 이제 그것들을 모아 이름과 의미를 부여해 줄 수 있다면, '함'에 가려졌던 일상의 뒷면이 조금 더 환해질 것이다. 그러니 이제 묻건대, 오늘 당신의 '아무것도 하지 않는 법'은 무엇이었는지.

이두은
전남대학교와 베이징대학교 중어중문학과에서 공부했으며, 현재는 전남대학교 중어중문학과 강사로 있다. 2025년 《쿨투라》 영화평론 부문 신인상을 수상했다.

리뷰는 독자의 몫이다. 호르헤 루이스 보르헤스는 책을 쓰는 것은 저자이지만, 책을 풍요롭게 하는 것은 독자라고 말했다. 이렇게 보면 서평은 분명 책을 풍요롭게 하는 방법 가운데 하나이다.

나는 중국 문학을 공부하고 있지만, 전공에 상관없이 늘 횡단하는 책 읽기를 좋아한다. 이를테면 사마천의 글에서 호메로스의 그림자를 발견하기도 하고, 니체와 들뢰즈의 철학 속에서 장자의 목소리를 듣기도 한다. 이들은 서로를 몰랐을 테지만, 오늘날 독자는 서로 상관도 없는 저자를 이처럼 한자리에 불러 모아 마주하게 한다. 이것이 바로 독자의 권력이고, 독서가 주는 뜻밖의 즐거움이 아닐까?

횡단하는 리딩은 초월하는 리뷰를 가능하게 한다. 「무위의 계보학」은 횡단하는 책 읽기를 통해 노자와 제니 오델을 한자리에 부른다. 그렇다고 단순히 두 사람을 비교하는 것이 이 리뷰의 목적은 아니다. 오델이 말한 아무것도 하지 않는 법이 오델만의 방법은 아니라는 점, 또 오늘 우리가 마주한 어떤 문제를 과거의 누군가도 안고 있었다는 점을 확인하고 싶었다. 그러니까 텍스트가 일종의 창이라면, 여러 개의 창을 열어두고 풍경의 이모저모를 바라보는 것이다.

리뷰는 책의 가치를 발견하고 소개하는 데 그치지 않고, 또 다른 독자와 연결되게 한다. 그러므로 읽는 일은 단순히 책을 통해 어떤 지식이나 정보를 얻는 것 말고도, 만나는 일과 헤어지는 일을 가능하게 한다. 쉽게 말해, 우리는 리뷰를 통해 서로를 바라보는 또 하나의 창을 발견할지도 모른다.

리뷰는 책에 관한 이야기이다. 하지만 어쩌면 그것은 책을 함께 읽은 우리에 대한 이야기일지도 모른다.

이두은

울창한 이해와 느낌을 나란히

한선규

『자연에 이름 붙이기』

캐럴 계숙 윤 지음, 정지인 옮김, 윌북, 2023

"이해하려 하지 말고 느껴라." 크리스토퍼 놀란 감독의 영화 〈테넷〉(2020) 속 이 대사는 작품에 대한 감독의 태도를 함축적으로 표현한다. 여태껏 지적이고 복잡한 플롯의 영화를 찍어 왔고 특히 〈테넷〉에서는 생소한 과학적 개념을 소재로 삼은 놀란이기에, 머리를 굴리는 대신 심장으로 받아들이라는 조언을 곧이곧대로 받아들여도 될지 의아하지만 말이다. 이 대사는 물리학자들도 여전히 씨름 중인 소재를 속속들이 이해하기보다 그 소재에서 출발한 영화의 고유한 체험에 빠져들기를 관객에게 제안하고 있다. 모두에게 동일하게 귀결되는 논리적 해석보다 각자의 내밀한 감상이 더 소중할 수 있다는 것이다.

이런 태도는 영화 감상에만 국한되지 않고 인생의 몇몇 순간에 큰 힘을 발휘한다. 논리와 이성, 객관성을 기틀로 삼아 굴러가는 현대 사회에서 살다 보면 종종 이런 순간이 닥치고는 한다. 개인의 사정을 고려하지 않는 사회 시스템이나 도저히 받아들일 수 없는 행동을 하는 타인과 마주할 때. 이럴 때는 그 현상을 어떻게든 이해하려 하거나 객관적인 태도를 내세우기보다, 자기 감각에 귀를 기울이고 감정을 발산하는 것이 나 자신을 완전히 소진하지 않는 최선의 대처법이다. 우리의 삶에는 이성과 감성, 공적인 업무와 사적인 일상 등 양가적인 요소들이 공존하고, 이들 중 하나를 억누른다면 훗날 매우 파괴적인 결과를 불러오기 때문이다.

억압은 개인의 삶과 경험에서만 일어나지 않는다. 앞서 말했듯 현대 사회는 이성과 객관성에 의존하고 있고 때로는 이것들만으로 모든 문제를 해결할 수 있다고 '믿는다'. 특히나 과학은 자신의 방법론(관찰과 실험을 통해 세계의 보편적이고 절대적인 법칙을 탐색하는)을 갖가지 학문에 수출하며, 양적인 환원으로 인간 자신과 세계를 모조리 가늠할 수 있다는 신념을 보급했다. 이제 적어도 학문의 영역에서 개인 고유의 경험이 설 자리는 서서히 사라져 가고 있다. 하지만 이런 상황의 낌새를 알아채고 이면을 돌아본 과학자가 있다.

어린 시절 숲속을 뛰놀며 자연과 사랑에 빠졌던 저자 캐럴 계숙 윤(Carol Kaesuk Yoon)은 자라서 생물학을 전공했다. 하지만 생물학의 영역 안에서 오히려 자연을 느끼는 대로 받아들이고 사랑할 수 없는 아이러니에 직면하고 만다. 이는 좋아하는 것을 업으로 삼은 이들이 겪는 고충보다 근원적이었다. 저자는 인간의 감각과 직관을 제압한 자연 분류의 쾌거에 대한 교양서를 집필하던 와중, 그 아이러니를 풀기 위해 인류의 태곳적 흔적을 품은 다른 학문과 밀

한선규

회한다. 그리고 자연 분류의 쾌거가 인류 자신과 자연에 대한 탄압이기도 했다는 실상을 발굴한다. 그 치열한 탐구와 성찰이 『자연에 이름 붙이기』라는 단조롭고도 여지가 샘솟는 제목의 책에 차곡히 담겨 있다.

캐리커처와 휴머니즘

우선 이 책은 학술 세계로의 친절한 안내자 역할을 충실히 수행한다. 여행지는 인류를 둘러싸고 있는 자연의 구성 요소, 특히 생물을 분석하고 구분해 생명의 체계에서 그것의 제자리를 파악하는 분류학(taxonomy)이다. 본문의 1부 '자연의 질서를 찾아 헤매기 시작하다'(1-3장)와 3부 '어떤 과학의 탄생'(7-9장)이 바로 이 분류학의 역사를 다루며, 이는 온갖 학문을 넘나들고 고대 인류부터 현재의 우리까지 관통하는 지금의 이 책을 저자가 저술하게 된 시작점이다. 여타의 과학 교양서들처럼 매력적인 화술을 갖춘 전공자가 자신이 몰두해 온 작업을 대중이 이해할 법한 친근한 예시와 비유로 이야기한다. 학문 진보의 이면을 조명하는 저자의 언급이 수시로 반전의 그림자를 드리우지만 말이다.

　　생각해 보면, 환경이나 동식물 등 자연의 구성 요소에 대한 교양서들은 제법 있었지만, 자연 분류에 대한 것은 그다지 보지 못한 듯하다. 어쩌면 이 책의 내용이 그 이유를 설명해 주는지도 모르는데, 현대에 이르러 분류학은 낯설다 못해 받아들이고 싶지 않은 방향으로 돌진하고 있기 때문이다. 그런데도 저자는 대중들에게 이

명법과 14페이지의 소책자로 자연 분류의 기틀을 잡은 칼 폰 린네부터 찰스 다윈, 종(種, Species)개념을 실질적으로 정의한 에른스트 마이어 같은 굵직한 인물들을 지나, 분류학의 패러다임이 전환되는 수리분류학, 분자분류학, 분기학이라는 생소한 분야까지 거침없이 나아간다. 다루는 시간으로만 봐도 약 500년이 넘는 역사인데도 독자들이 이 여정에서 길을 잃기란 쉽지 않다. 저자가 능숙한 기술로 이 여정을 안내하기 때문이다.

그 기술을 나는 캐리커처와 휴머니즘으로 표현하고 싶다. 저자는 거대한 흐름을 낱낱이 기술하기보다 결정적인 순간들을 기둥으로 삼아 그 앞뒤 맥락을 적절히 기술하는 캐리커처의 방식으로 분류학의 역사를 그려 낸다. 그러면서도 분류학자들의 인간적인 실수, 고뇌와 콤플렉스같이 분류학에 새겨진 손때를 면밀히 드러내, 독자들이 분류학의 당사자들에게 연민과 공감을 느끼게끔 한다.

우선 저자는 시대적 맥락을 부여해 자연 분류의 개척자들이 이뤄 낸 성과의 의미를 면밀히 짚어 낸다. 예를 들어, 린네가 이명법으로 동식물을 망라해 분류한 일이 얼마나 대단한지 현재의 독자들은 알기 어렵다. 왜냐하면 그것은 자신들이 태어나기 한참 전부터 그렇다고 알려진, 당연한 것이기 때문이다. 그렇기에 린네가 빼어난 성과를 내던 대탐험의 시대에 자연을 분류하는 행위는 어떤 의미였고 린네의 성과는 이후의 학문에 어떤 토대가 되었는지를 짚어 준 후에야 성과의 위대함을 우리는 체감할 수 있다.

또 자연 분류의 당사자들이 겪은 결정적인 순간과 연결 지어 그들의 인간적인 면모도 드러난다. 다윈의 에피소드가 특히 그러

한선규

한데, 심지어 다윈의 개인적인 편지까지 살펴보며 그의 내적 동요를 보여 준다. 대중들은 얼핏 '다윈이 비글호를 타고 갈라파고스 제도를 탐험한 뒤 독특하게 진화된 그곳의 생물들에게서 진화라는 개념의 영감을 받았다' 정도로 알고 있지만, 실제로는 다윈이 탐험에서 귀향하고 자연선택과 진화론을 발표하기까지 약 10년간의 잘 알려지지 않은 공백기가 있었다. 저자는 자연 분류의 역사에서 결정적 순간으로 이 시기를 선택한다. 말이 공백기이지, 실제로는 다윈이 수많은 따개비들을 어떻게 분류할지 씨름했고, 사색가에서 실질적인 탐색가로 변모해야 했던 고생스러운 시절이었다. 그러면서 다윈은 탐험에서 싣고 온 '진화'라는 아이디어와 자신의, 아니 인류의 직관적인 자연 분류가 서로 상충하는 순간들에서 과연 무엇을 믿고 나아가야 할지 고뇌도 겪어야 했다. 저자의 표현에 따르면 다윈은 이 시기의 연구가 "자기 인생의 위대한 업적이 될 수도 있음을 알았다. 아니면 완전하고 철저한 몰락이 되거나. 그리고 그 생각은 똑같은 정도의 걱정과 들뜬 기대를 동시에 안겼다."(94쪽) 저자는 인물의 고뇌를 부각하며 분류학의 발전 과정이 사실의 무미건조한 나열이 아닌 인간들의 격정적인 드라마임을 생생히 보여 준다.

　이후 다윈의 후계자들(혹은 이를 자처하는 이들)은 좀 다른 의미에서 인간적인 모습을 보여 주고는 한다. 누가 진짜 분류를 하고 있고, 진정한 다윈의 후계자인지에 대해 각 진영이 상대에게 창의적인 '디스전'을 선보이는 것이다. 자연 분류에 컴퓨터의 도입을 반대하는 이들에게 "여러분 중 일부는 주판으로도 대체할 수 있습니다"(292쪽)라며 역공하고, 자연 분류를 시험관 속 DNA로 한다고 하자 "찻잎을 보고서 생물의 전생을 읽어내려는 것보다 나을 게 없다"(306쪽)며 헐뜯는다. 분류의 정도를 얼마나 촘촘하게 할 것인 가에 대한 병합파와 세분파의 논쟁 또한 생산적인 토론에서 곧잘 인신공격으로 넘어가고는 했다. 점잖게 책상에 앉아 자신의 전공 대상을 찬찬히 바라보며 심사숙고하는 학자의 모습을 서슴없이 탈피하는 서술들은 그들도 대중들과 동떨어진 상아탑의 현자들이 아님을 느끼게 한다.

개인적으로 가장 와닿았던 감정은 분류학이 '진짜' 과학으로 변모해 가던 현대에 전통적인 분류학자들이 겪은 혼란과 자괴감이다. 생명의 범주가 주변에서 흔히 볼 수 있는 동식물을 넘어서 지구 전역의 낯선 동식물과 현미경을 동원해야 하는 미생물의 영역까지 포괄하면서, 자연 분류의 외부자들이 오히려 더 효율적이고 엄밀하게 분류하기 시작한다. 주관적인 직관에 의존하던 분류학이 이제야 "엄격하고도 객관적이며 진정으로 현대적인 과학"(266쪽)으로 인정받게 되었지만, 그 방법은 역동하는 자연과 감각에서 동떨어진 추상적인 숫자놀음이었다. 기존의 방법은 막다른 길에 다다른 듯 보이고 새로운 방법은 마치 이를 조롱이라도 하듯 부자연스러울 때 기성 학자들이 느꼈을 막막함과 답답함. 전에 영화를 공부했던 필자가 요즘 온라인 동영상 서비스(OTT) 산업으로 인해 명맥은 어떻게든 이어지지만 과거의 야심과 패기는 메마른 영화 산업을 볼 때마다 느끼는 감정이라 더욱 눈길이 가는 부분이었다.

결론적으로 저자는 자연 분류의 역사를 성실히 따라가면서도, 발견된 사실 뒤에 자연 분류의 기여자들을 가감 없이 조명하는

한선규

데에 노력을 기울인다. 정감 가지만 시대에 뒤처진 전통적인 분류학자들부터 뻔뻔함에 가까운 대범함을 지닌 신진 분기학자들까지 그들의 공과 과오를 꼼꼼히 챙긴다. 예컨대 수리분류학은 "형질을 선별한다는 것"은 "그 자체로 주관적인 일"(294쪽)이라는 본질적인 한계를 타고났고, 모든 형질이 동등한 중요성을 가지지 않으며 심지어 몇몇 형질은 오히려 잘못된 판단으로 이끈다는 점을 간과했다. 그러면서도 (기성 학자인 에른스트 마이어가 제시한) 기존의 '짝짓기를 통한 종개념'으로는 판단할 수 없었던 박테리아 같은 존재들까지 생명의 세계에 포섭했으며, 분류학에 객관성의 씨앗을 심었다는 업적 또한 그들의 몫이다. 어느 한 진영에 치우치지 않는 배경지식을 독자들에게 착실히 배포하면서, 저자는 개인적인 의문에서 시작된 보편적인 성격의 질문으로 나아간다. 왜 과학자인 저자조차 '어류라는 분류군은 비과학적'이라는 현대 분류학의 쾌거를 납득할 수 없는지, 왜 분류학은 수백 년의 학문적 발달에도 객관적인 과학으로 나아가는 것이 그토록 힘겨웠는지 말이다.

경험이 확고히 증언하는 것

현대의 분류학은 왜 대중과 심지어 전공자에게까지 본능적인 거부감을 유발하는가. 학문이 단순히 심오하고 생소하다는 이유라면, 대중이 온전히 이해하지는 못하더라도 끊임없이 회자하는 양자역학이란 강력한 반례가 존재한다. 이 의문에 저자는 '원시부터 지금까지 모든 인류에게 내장된 생명에 대한 본능이 자연 분류를 다른 학문과는 다르게 취급하게 만든다'는 아이디어를 제시한다. 그 본능은 직관이자 감각이고 자연과 인간을 연결하는 모든 것이다. 저자는 이를 독일어 단어인 움벨트(Umwelt)라 부르기로 한다. 책 전반에 걸쳐 다채로우며 다소 흐릿한 표현들로 움벨트를 묘사하지만, 가장 와닿는 것은 "우리를 둘러싼 현실을 바라보는 관점이자 우리 자신이 누구인지 이해할 맥락이며, 이는 언제나 그래왔"(40쪽)던 것이다. 제법 모호하지만 인간이 세상을 바라보는 관점이 움벨트이며, 이는 세상에 인간이 만들어 낸 문명은 미미했고 자연이 사실상 전부였을 인류의 원시 시절에 여전히 고정되어 있다. 그리고 그것은 지금까지도 모든 인류에게 보편적이고 선험적으로 내장되어 있다.

저자의 아이디어에 따르면, 그 질문에 대한 해답을 분류학 내부에만 머물러서는 얻을 수 없다는 것이 자명해진다. 인류학 연구의 분과인 민속분류학, 그리고 뇌과학과 진화심리학까지 망라하는 방대한 관점이 동원되어야만 해답의 퍼즐을 가까스로 맞출 수 있다(이 지점에서 눈치챌 수 있듯이, 이 작업은 어쩌면 심정적 결론을 내려두고 곳곳의 근거를 짜맞추는 여정이었을지 모른다). 조각 난 관점들을 짜맞추는 작업도 버겁겠지만, 어쩌면 저자에게 가장 고됐던 지점은 이전까지 자기 인생의 대부분이었을 자연 분류와 과학적 사고방식에 위배될지 모르는 주장에 몸을 담그는 선택이었을 것이다. 분류학의 대를 잇는 불협화음을 해결하기 위한 저자의 개인적인 여정은 결국 인류의 심원한 구석까지 거슬러 올라가면서 인류 보편의 원초적인 본능으로 연결되었다.

2부 '밝혀진 비전'의 4장과 5장은 움벨트의 보편성을 집중적

한선규

으로 추적한다. 세세한 의문들, 왜 전 세계 사람들은 서로 교류가 없었을 때부터 만들어진 물고기나 새 같은 큰 카테고리의 분류에 있어서 전반적으로 일치하는 경향을 보이는지, 어째서 아이들은 공룡에 쉽게 매료되고 그 복잡한 이름을 손쉽게 외우는지, 왜 인공물이 삶에 더 요긴한데도 동물 모양의 인형을 아이에게 안겨 주는지, 또 원래 모습을 떠올리기 어려울 정도로 가공되었어도 자연물에서 온 음식과 그렇지 않은 것을 인간은 어떻게 본능적으로 구분할 수 있는지 등에 대한 해답들을 모두 움벨트에서 찾을 수 있다고 저자는 주장한다. 이 의문들은 움벨트의 경험적 증거로서 태곳적 본능의 존재를 겹겹이 증언한다. 그러면서 뇌의 특정 부위(측두엽 어딘가)가 결손되어 움벨트를 잃어버린 사람들의 사례들로 움벨트의 물리적 증거를 보충한다. 그들은 단순히 생물의 이름을 잘 기억하지 못하는 수준이 아니라, 아예 자연이라는 카테고리를 잃어버린 듯 생물 자체를 구분하거나 받아들이지 못한다. 이들은 일상에 불편을 겪는 것을 넘어서서 자신들의 뿌리를 잃어버린 존재나 다름없다. 인간이 자연의 일부임에도 그것을 감지하고 생각할 수 없다는 비극. 하지만 이 결손은 움벨트의 존재에 대한 확고한 증거가 된다.

훑어보는 것도 벅찬 간학문(間學文)의 과제에 몰두하고 또 돌파구를 찾아내기까지에는 서문의 말미에서 밝히듯 "우선 나는 내 물고기들을 되찾고 싶다"(45쪽)는 생명을 향한 저자의 애착, 느낌 그대로의 애착이 나침반 역할을 해주었다. 저자는 본문의 말미에도 범고래를 실제로 보면서 느꼈던 희열을 수줍게 고백한다. 범고래가 자연의 고리 안 자신의 자리에서 활개 치는 모습에 저자 자신에게도 활기가 피어올랐다. 수억 년간 끊기지 않고 릴레이하며 생명의 역사가 농축된 DNA는 분명 경이롭지만, 그것을 검출하기 위해 끼어드는 수많은 기계 장치는 오히려 지금 내 눈앞에 박동하는 생명들을 소홀히 하게 만든다. 그렇게 해서 생명의 가계도를 온전히 완성한다 한들, 각 개체에 대한 관심과 애정이 식어 버린다면 주객이 전도된 것 아닐까? 이런 개인적인 고찰은 자연 분류의 대중적 설명을 목표로 시작된 이 책이 정해진 궤도에서 이탈하게 했고, 지금까지 간과해 온 관점에서 인류를 다시 보게 만들었다.

연결과 확장의 가능성 그리고 과부하

과학 교양서에서 비유는 필요하지만 말썽을 일으키기도 한다. 독자들이 익숙한 대상을 동원해 쉽게 와닿지 않는 과학적 개념을 친근하게 설명하는 건 그만큼 불필요한 오해(비유로 연결되는 중점이 작가와 독자 사이에서 어긋나며 발생하는)를 불러일으키기도 하기 때문이다. 하지만 저자는 적재적소에 알맞은 비유를 사용하며 그 한계를 영리하게 해소한다. 이때 적재적소란 과학적 개념 자체가 아닌 개념의 성격을 짐작하게 하는 데 비유를 사용하는 지점이다. 저자는 자연 분류의 대립 항으로 제시한 별자리를 "천상의 로르샤흐 테스트"(397쪽)라 비유하며, 독립적으로 발달한 문명들의 각기 다른 문화와 달리 자연 분류는 인류 전체의 보편성과 지속성을 띠는 본성임을 강조한다. 그러면서 자연 분류가 큰 틀에서는 일치하지만 세부 사항에서는 각 문명이 처한 환경에 따라 달라지는 모습을 "하

한선규

나의 주제 선율에 대한 눈부시고 향기로우며 유쾌한 변주"(39쪽)라고 표현한다.

한편, 과학적 개념 자체를 설명할 때는 풍부한 사례와 가상의 예시를 주로 애용한다. 균류는 푸르스름하고 움직이지 않으며 이끼처럼 생겼음에도 식물보다 동물에 분자분류학(유전학)적으로 가깝고, 연어와 폐어와 소는 분기학의 관점에서 엄밀히 나뉘지 않는다는 결정적 사례들로 분자분류학과 분기학이 자연을 바라보는 방식을 실질적으로 이해하게 한다. 또 물고기(fish)라는 개념이 원래는 물에 사는 모든 동물을 지칭했다는 것을 보여 주기 위해 불가사리(starfish), 갑오징어(cutlefish) 등의 사례를 든다. 사고실험이라 할 수 있는 가상의 예시를 드는 경우도 여럿 있는데, 분기학의 요점인 '공유하는 진화상의 새로움'을 설명하기 위해 복슬복슬한 가상 생물체의 진화도를 동원한다. 하지만 무엇보다 움벨트의 기원과 정당성을 설명하기 위해 한 장의 대부분을 할애해 가상의 예시를 풀어내는데, 바로 6장 '워그의 유산'이다.

이 장에서 저자는 워그라는 가상의 인류 조상을 설정해 자연을 바라보는 보편적 방식인 움벨트가 어떻게 진화되었는지 사고실험을 펼친다. 요지는 자연이 인류의 위험 요소이자 먹이이니 자연을 분류하는 것은 생존에 필수적이었고, 또 목적이 위험 요소와 먹이 사이의 구분이었기 때문에 현대의 엄밀하고 정확한(수렴 진화할 수 있는 외적인 성질보다 실제 분기에 기반한) 분류까지는 불필요했다는 것이다. 인간이 서로의 얼굴을 살이 빠졌거나 수염을 길렀거나 염색을 했더라도 알아차리듯, 동식물들의 형태적 특성을 구분하는 소프트웨어가 생존을 위한 진화를 거치며 인간에게 내장되었다. 이런 움벨트는 각 인류가 살아온 국지적 환경에서는 너무나 잘 작동했다. 다만 인류가 확장하기 시작하면서 삐걱거리기 시작했다.

공간의 축으로 본다면, 이 확장은 대항해로 교류가 없던 대륙끼리 마주하면서 유럽인들은 상상조차 어려웠을 오리너구리 같은 종들이 튀어나오기 시작한 지점이다. 시간의 축으로 본다면, 길어봐야 100년을 사는 인류가 100만 년, 아니 10억 년 그 이상을 가늠하기 시작하면서 진화라는 생명의 비밀을 깨달은 시점이다. 심지어 진화에 따르면 생명의 체계는 고정되지 않고 분류 작업을 하는 매 순간에도 끊임없이 달라지고 있다. 완전한 자연 분류는 마치 끊임없이 요동치는 피사체를 두고 세밀화를 완성하려는 시도나 다름없었다. 본문에서는 다루지 않지만 기술 발전도 확장의 일부라고 여긴다면, 현미경의 발명과 미생물의 발견으로 인류는 맨눈으로 볼 수 있는 동식물 이외의 무언가가 무더기로 생명의 영토에 있다는 걸 목도하게 되었다.

하지만 인류의 움벨트는 이 극적인 변화를, 사실은 태초부터 존재했으나 자기 동네만 기웃거렸던 인류는 참견할 필요가 없었던 진실들을 소화할 수 없었다. 자연과 우리를 이어주는 뇌의 기능이 자연을 본질적으로 파악하는 데 가장 큰 걸림돌이 되어 버렸다. 무자비하게 넓어진 시공간의 축 탓에 "자신이 연구하는 생물의 작은 소집단만으로도 수많은 사람이 여러 생애에 걸쳐 전념해도 충분치 않을 만큼 막대한 연구가 필요하다는 걸"(92쪽) 깨달을 정도의 분류 대상이 들이닥쳤고, 이는 병합파와 세분파의 대립을, 더 나아가 분자분류학과 분기학의 발달을 촉발했다. 물론 학문의 발달로 인류는 "지구의 생명의 역사를 통해 생명을 바라볼 수 있게"(366쪽)

한선규

되었지만, 생생히 느꼈던 생명의 박동에 매료됐던 자연 분류는 감각과는 거리가 먼 "무균 분류학"(289쪽)이 되어 버렸다.

분류학이 인류의 왕성한 호기심과 세상을 모조리 아우르려는 이성의 야심으로 인해 자연에 대한 진실의 최전선까지 나아갔지만 모두가 움벨트를 쉽사리 버리고 따라나서지 못했다. 아니, 절대다수가 그럴 수 없었다. 움벨트는 여전히 "우리를 둘러싼 세상이 무엇이며 그 세상 안에서 우리의 자리가 어디인지를 판단하고 선언하는 일"(264쪽)을 책임지기 때문이다. 이런 관점에서 볼 때 앞서 살펴본 분류학의 역사는 피어나는 이성과 자리 잡은 본능의 끊임없는 내전이었다. 하지만 전쟁의 최대 피해자는 항상 승자도 패자도 아닌 무고한 이들이었으니, 대중들은 자신들도 자각하지 못하는 새에 이 전쟁의 여파로 자연과 거리감을 느끼게 되었다.

자연이 자연스럽지 않은 시대에게

물론 현대 인류 문명이 자연과 멀어지게 된 그 모든 책임을 분류학이 질 수는 없다(저자도 이 부분에 있어 지나친 의미화는 피하고 있다). 인류는 쓰레기, 벌목, 에너지 발전, 축산업 등 생각할 수 있는 모든 분야에서 자연을 착취했고, 여전히 착취가 진행 중인 이제는 그 여파를 가늠하기조차 아득하니 말이다. 이것은 현재 우리가 겪고 있는 환경 재난과도 무관하지 않다. 이때 저자가 지적하는 문제는 대중들이 더 이상 생태계를 지속시키기 위해 우리가 손쓸 수 있는 것은 없다는 무력감을 느낌과 동시에, 자연과 우리는 동떨어진 별개의 존재라는 오판을 하고 있다는 점이다.

　대중은 이런 오판을 할 수밖에 없게끔 문명에 길들었다. 자연이 우리의 움벨트를 자극할 기회가 너무도 미미해진 사회에서 살아가니 말이다. 이제 움벨트는 기존에 해야 했던 자연 분류에서 벗어나 새로운 수렵 채집의 장소인 마트에서 식료품을 분류하거나 실제 동물 대신 포켓몬을 분류하고 있다. 한편 우리 삶에 침투하는 자연은 오히려 불쾌한 순간들이 대다수다. 벌레나 곰팡이에 대한 기억이 대부분이고, 유쾌한 기억이라 해봤자 인간에 의해 철저히 통제된 화분 속 식물이나 유전적으로 개량된 개, 고양이 정도다. 생태계로서 끊임없이 순환하는 자연을 체감한 지 얼마나 오래되었는가. 서서히 마모된 자연의 느낌은 과연 복구될 수 있을까.

　저자는 움벨트를 기꺼이 받아들이는 방식으로 복구할 수 있다고 여긴다. 적어도 모두가 실천할 수 있는 가장 와닿고 현실적인 방안으로 제시한다. 과학을 무시하자는 것이 아니다. 우리에게는 객관적이고 절대적인 관점과 더불어 개인적이고 은밀하며 요동치는 관점도 필요하다는 것이다. 현미경에서 눈을 떼고 그저 맨눈과 맨살로 느껴야 한다. 이해는 사랑의 이유를 주지만 느낌은 사랑의 동력을 준다. 우리는 둘 모두가 동등하게 필요하다.

　본문에서 종개념을 확립하려던 여러 시도 중 하나로 언급되는 '공통 정원 실험'은 비록 미미한 분량에도 내게 깊은 인상을 주었다. 이는 통제된 변인 속에서 식물 간의 형질을 정량적으로 분석하려던 의도와는 달리 "환경이 유기체에 미치는 영향 연구의 고전"(135쪽)이 되어 버린 실험이다. 나는 이 실험이 원래 의도대로 진행되지 않았다는 점이 눈에 밟혔는데, 바로 그 점이 생명만의 독특

　　　　　　　　　　　　　　한선규

성, 재현 불가능성을 잘 보여 준다고 생각했기 때문이다. 모든 과학적 사실은 같은 원인에는 같은 결과가 따라붙는 재현 가능성을 기초로 삼는다. 하지만 생명은 그 구성 요소가 너무도 복합적이고 유기적이기에 또는 애초부터 환원하면 사라지는 창발적 요소로 이루어져 있기에 분석적 연구로는 한계에 부딪치는지 모른다. 예측 불허의 자연이 들이친다. 이런 생각에 이르면 공동 정원 실험의 실패는 불가피한 것이었고, 더 나아가 허구한 날 발에 치이는 잡초부터 누군가의 밤잠을 설치게 한 판다까지 모든 생명은 각자 나름의 생애를 보내고 있다는 생각에까지 미치게 된다.

하나하나의 개체가 생명의 숲에서 고유의 여린 줄기를 뻗어내고 있다는 것. 비록 그 줄기가 후손이 대대로 이어지는 굵직한 가지로 자라지는 못하더라도, 모든 생명이 지금도 여태껏 그래 왔듯 그 무엇도 대체할 수 없고 비견할 수 없는 자신만의 투쟁을 겪고 있다는 것은 분명하다. 같은 지구의 구성원으로서 우리는 그들에게 이름을 붙임으로써, 한 번 더 눈길을 줌으로써 움트며 꿈틀대는 존재들에게 우리 마음속 한 자리를 내어 줄 수 있다. 비록 그 자리가 자연선택이 마련해 놓은 엄밀한 제자리가 아닐지라도.

『자연에 이름 붙이기』라는 짐짓 무미건조해 보이는 제목은 자연 분류라는 "존재와 자연의 질서에서 차지하는 자리를 선포하는 일"(139쪽)이 과학의 영역부터 대중까지 포괄한다는 것을 암시하며, 그 행위의 "어질어질한 짜릿함"(139쪽)을 모두에게 돌려주는 나름의 민주화를 내포한다. 그 개인적인 분류가 어떻게 공식적인 과학적 분류와 공존할 수 있을지에 대해 저자는 함구하지만, 순환하고 자생하는 자연을 지켜야겠다는 애착이 바로 거기서 시작한다는 점에는 동의하지 않을 수 없다. "자신의 눈과 손가락을 사용하고, 생명의 세계를 보고 감각하며, 자신의 움벨트를 굴려보는 일이 주는 기쁨".(324쪽) 그 밀접한 감각, 떨칠 수 없는 감각은 이해와 행동을 결코 멈출 수 없게 한다. 지구를 구한다는 오만하고 거창한 거대 명제보다 진짜 같다.

한선규

한국애니메이션고등학교에서 영상연출을, 홍익대학교에서 독어독문학을 공부했다. 국어국문학과 수업을 들락대다가 교내 글쓰기 대회에서 몇 차례 수상하며 서서히 글을 썼다. 도피로서의 글쓰기, 자기에 갇힌 글쓰기를 넘어서고자 생업을 고민했고, 사서가 되기 위해 공부 중이다.

초등학생 때 과학자를 꿈꿨고 중고등학생 때 SF 영화에 심취했던 문과 학생은 여전히 과학 교양서가 꽂힌 서가를 기웃거린다. 이것은 내가 성적에 맞춰 전공을 선택한 것이 아니라는 자존심이자, 세상을 이해하는 데 인문학의 시야에만 갇히고 싶지 않은 욕심이기도 하다.

그렇지만 『자연에 이름 붙이기』를 선정해 읽고 쓰게 된 데에 엄청난 포부 같은 건 없었다. '우주리뷰상'에 뭐라도 써서 제출해야겠다는 마음가짐이 잡히고 제출일까지 남은 기간은 약 2-3주. 당시 학업과 자취, 그리고 남는 시간에 빽빽이 영화를 보느라 책을 거의 읽지 않았던 나는 평소에 눈독 들였던 책들 중 하나였지만 다급히 읽은 이 책이 좋은 책이기를 바랄 수밖에 없었다. 다행히 이 책은 과학의 한계, 학문 뒤의 사람들, 현대 사회에서 격리되고 착취되는 자연 등 평소에 나를 사로잡던 주제와 적당한 학문적 긴장감(다른 과학 교양서에서 흔히 보지 못한 소재와 수준을 다루는)으로 가득했다.

물론 이에 대해 글을 쓰기란 다른 이야기였다. 기회가, 소재가, 그리고 짧지만 만사를 제쳐둔 시간은 있었다. 마지막으로 필요한 것은 읽을 만한 수준까지 어지러운 상념들을 정리할 끈기와 다른 사람에게 선보일 용기일 텐데, 내 속에 꿈틀대던 아쉬움이 이 덕목들을 힘겹게 끌어냈다. 20대 중반을 넘기며 시간이 지나가는 게, 그것도 남들에게 공적으로 내세울 것 없이 흘러가는 게 약점으로 느껴져서 가쁘게 글을 썼다. 구성의 아귀를 맞추고 내 심정에 적확한 표현을 찾아 나서는 글쓰기의 설렘도 기죽은 나를 모처럼 토닥여 주었다.

책 선정부터 온갖 일에 운이 따라준 것을 되새기면서, 가불받은 이번 수상을 사장된 창의융합형 인재상을 나름대로 실천해 온 내 소양에 대한 보답이자 앞으로 수없이 마주할 실패들에 대한 자존심 보호 장치로 생각하려 한다. 끝으로 내가 청춘을 원 없이 헤맬 수 있게 지켜봐 주는 가족들에게, 무심코 혼자로 남는 나를 먼저 찾아 주는 친구들에게 고맙다는 말을 전한다.

한선규

심사 경위·심사평

심사 경위

2024년, 처음으로 《서울리뷰오브북스》가 알라딘과 함께 아모레퍼시픽재단의 후원을 받아 서평 공모전 '우주리뷰상'을 개최했다. 첫 공모전임에도 500편에 가까운 서평이 응모되어 서평 문화에 대한 높은 관심을 확인할 수 있었다. 응모작은 한국 독서 문화의 저변을 보여 주듯이 인문학, 사회과학, 자연과학, 문학, 예술 등 거의 모든 분야의 책에 걸쳐 있었다. 이 중 1차 심사를 거쳐 총 53편을 추렸고, 이 53편을 심사위원 여섯 명이 신중히 검토해 최종 당선작 여덟 편을 골랐다. 최종 토의 대상이 된 서평에는 수준 높은 작품이 많아 수상작을 선정하는 데 어려움이 있었다. 선정 과정은 익명으로 진행되었고, 표절 심사와 심사위원과의 이해 충돌 여부까지 점검해 공정성을 확보했다. 당선자들은 학생부터 공무원, 대학 연구원까지 다양한 배경을 가진 것으로 밝혀졌고, 이런 분포는 주최 측이 이상적이라고 생각했던 것과 다르지 않은 긍정적 결과였다.

　심사는 서평이 책의 내용을 충실히 소개하고 장단점을 분석하며 서평자 자신의 비판적 평가를 포함해야 한다는, 서평의 '정석'을 잘 지켰는지에 중점을 두었다. 여기에 한국 사회에 던지는 메시지와, 서평을 읽으면 책을 읽고 싶게 하는 '글맛'도 심사 기준에 포함했다. 최우수상 수상자인 김도형은 장애 운동을 다룬 『전사들의 노래』(오월의봄, 2023)와 『출근길 지하철』(위즈덤하우스, 2024)에 대한 서평을 통해 전국장애인차별철폐연대(이하 전장연)의 출근길 지하철 행동의 의미를 조명하고, 장애인을 시혜의 대상이 아닌 동등한 인격체로 바라봐야 한다는 점을 강하게 전달했다. 김도형의 서평은 한국 사회에서 장애인 목소리가 납작하게 단순화되는 과정을 비판하는 묵직한 메시지를 담아낸 점이 높게 평가되었다.

다른 일곱 편의 수상작 중 『초예술 토머슨』(안그라픽스, 2023)을 다룬 강우근의 서평은 아서 단토의 비평을 바탕으로 '새로운 관계성'을 탐구하며 무용한 사물과 행위의 관계를 독창적으로 풀어냈다. 『울산 디스토피아, 제조업 강국의 불안한 미래』(부키, 2024)에 대한 강진용의 서평은 서평자만의 독특한 관점에 근거해서 제조업 전반의 위기를 '생산성 동맹의 와해'로 분석하며 도시와 산업에 대한 현대적 시각을 제시했다. 『어떻게 극단적 소수가 다수를 지배하는가』(어크로스, 2024)를 다룬 김석의 서평은 이 책의 학술적 위치와 제도적 관점에 대한 저자의 분석을 비판적으로 다루면서 평자의 깊이 있는 통찰을 제안한 점이 돋보였다. 『너무 보고플 땐 눈이 온다』(난다, 2023)에 관한 김회연의 서평은 필자와 저자 간의 내밀한 대화를 이용해서 고명재의 산문집을 능숙하게 분석했다. 『가난한 아이들은 어떻게 어른이 되는가』(돌베개, 2023)에 관한 오병현·유희선·조연재의 서평은 빈곤 문제와 관련해서 당사자성의 중요성을 강조하고, 개인적 경험이 사회적 이슈로 확장되는 과정을 심도 있게 분석했다. '관심경제'에 포박된 우리에게 시의적절한 『아무것도 하지 않는 법』(필로우, 2023)에 대한 이두은의 서평은 단순 요약을 피하고 '아무것도 하지 않는 법'을 노자의 '무위' 개념과 연결해 책의 구조를 입체적으로 해석했다. 마지막으로, 『자연에 이름 붙이기』(윌북, 2023)에 대한 한선규의 서평은 자연을 분류하는 과학적 접근이 인간의 경험과 생태계에 미치는 영향을 서정적 언어로 재해석하며 인류의 역할을 성찰했다.

최종 선정된 여덟 편의 서평 중에서 최우수작을 놓고 여러 서평이 경합했는데, 최우수작으로 선정된 서평 외의 다른 세 편도 매우 뛰어난 서평으로 평가되었다. 심사위원들이 보기에 서평자의 후속작에 대한 기대를 불러일으킨 서평도 여럿 있었다. 아쉽게 여덟 편의 수상작으로 꼽히지 못한 서평 중에서도 알차고 수준 높은 서평이 여럿 더 있었음을 밝혀 둔다. 아무쪼록 서평 공모전 '우주리뷰상'이 대한민국에 서평의 중요성과 재미를 일깨우는 불쏘시개 역할을 할 것을 기대하며, 심사위원들을 대신해서 여덟 분의 수상자들께 심심한 축하의 말씀을 전한다.

심사평

김도형은 『전사들의 노래』와 『출근길 지하철』, 이 두 책에 대해 「전장연 시위라는 사건」이라는 서평을 썼다. 전자는 진보적 장애운동 활동가 여섯 명의 생애를 기록한 책이고, 후자는 박경석 전장연 대표가 장애운동 전반의 역사와 자신의 생각을 적은 책이다. 전장연의 출근길 지하철 승하차 시위는 대중에게 강렬한 인상을 주기는 했지만 그 의미가 제대로 이해되거나 논의되지 못한 채 잊혀져 가고 있다. 글쓴이는 이 두 책을 바탕으로 장애인의 생애사와 투쟁운동사를 재구성했고, 장애인들의 삶과 장애운동의 다층성, 복잡성이 한국 사회의 담론에서 어떻게 납작하게 단순화되는지를 논했다. 예컨대 많은 사람들은 지하철역의 엘리베이터를 이용하지만, 그 상당수가 장애인의 리프트 추락 사고 직후 장애인들의 처절한 투쟁의 성과로서 얻어진 것임을 인식하지 못한다. 한국에서 장애운동은 그 역사가 사뭇 오래되었고 이동권뿐 아니라 인간으로서의 다양한 권리에 대한 요구가 줄기차게 있어 왔지만, 대중은 이를 잘 모른 채 최근의 '전장연 시위'를 돌발적 사태로만 생각

책 하나의 사건

한다. 장애인을 시혜의 대상으로서가 아니라 동등한 인격체로서 생각, 대우하고 그들의 삶과 목소리를 납작하지 않게 제대로 이해하는 데 이 두 책과 이 서평이 크게 기여할 것이다. 서평 대상 서적의 저자들의 목소리를 생생하게 재구성하면서, 그와 동시에 이들의 목소리가 사람들의 뇌리에서 납작해지고 왜곡되는 과정을 깊이 분석했다는 점에서 이 서평의 가치가 돋보인다. —— 박진호

강우근의 「일상적인 것은 어떻게 예술이 될까」는 아카세가와 겐페이의 『초예술 토머슨』을 서평의 대상이자 글쓰기의 형식으로 바라본다. 새로운 서평의 형식을 기대하게 하는 신선한 발상이 돋보였다. 서평자는 아서 단토의 일상과 예술에 대한 비평을 한 축으로 잡고 '새로운 관계성'이라는 관점에서 아카세가와 겐페이의 '관찰' 방식을 자신의 서평에 적용한다. '초예술 토머슨'이라는 이름 짓기, 무용한 사물과 행위의 관계, 책 바깥으로 나와 구현된 전시의 과정을 리듬감 있게 서술해 나간다. 글은 한 권의 책을 열렬히 관찰하는 데에서 출발해 책이 제안하는 사고의 방식에 동참하는 데 이른다. 글에 등장한 다양한 소재들이 산만한 인상이 들지만 이 또한 일상을 포착한 서평자의 감각이자 결정으로 보였다. —— 현시원

강진용은 「쇠락하는 산업 수도, 그러나 버릴 수 없는 꿈」을 통해 양승훈의 『울산 디스토피아, 제조업 강국의 불안한 미래』를 논한다. 분석 대상이 자동차, 조선업, 석유화학을 넘어 국내 제조업 전반으로 확대되었다는 관점 아래 제조업 위기의 원인을 생산성 동맹의 와해로 바라보는 저자의 주장을 분석적인 언어로 정리하고 해석

했다. 책의 구성에 따라 내용을 요약하는 부분은 다소 밋밋하게 느껴지기도 했지만 전반적으로 안정적인 문장과 논리적 구성으로 하나의 도시를 당대적으로 바라보는 행위에 대해 밀도 있게 논했다. 책 곳곳에 배치된 발화(목소리)가 지니는 현장성을 구체적으로 논하고, 연구 방법론 측면에서 경험적·실증적 데이터가 내러티브에 더 큰 힘을 불어넣을 수 있다는 애정 어린 비판도 중요했다. 또고래, 마르셀 프루스트 등 서평자의 목소리가 적극적으로 드러나는 부분에서 서평의 힘을 느낄 수 있었다. — 현시원

김석은 스티븐 레비츠키와 대니얼 지블랫의 『어떻게 극단적 소수가 다수를 지배하는가』를 평했다. 미국은 세계 민주주의의 모범으로 여겨지고 미국인 스스로도 높은 자부심을 가져왔지만, 2016년 도널드 트럼프의 집권과 이후의 경로는 민주주의가 어떻게 왜곡되고 붕괴될 수 있는지를 보여 주는 안타까운 과정이었다. 레비츠키와 지블랫은 이런 문제를 심도 있게 분석하고 대안을 제시했으며, 이 책을 골라 평한 것 자체가 서평을 통해 현실을 진단하고 개혁하고자 하는 의지를 보였다는 점에서 주목받을 만한 결정이었다. 나아가 평자는 책에 대한 깊은 이해를 도모하는 것을 넘어, 저자의 전작과 이 책이 어떻게 다른지, 민주주의에 대한 학술적 논의에서 이 책이 차지하는 위치가 무엇인지 등을 포괄적으로 다룸으로써 좋은 서평이 가져야 할 내용을 풍부하게 담았다. 여기에서 나아가 평자는 레비츠키와 지블랫의 미국 민주주의에 대한 평가가 제도적 차원에 머물고 있음을 비판하고, 더 깊은 차원으로 들어가야 한다는 자신의 견해를 밀도 있게 전개한다. 책에 대한 충실한

책 하나의 사건

소개를 넘어 평자의 재해석까지 결합한 이 글을 심사위원들이 우수작으로 선정하지 않을 이유가 없었다. 다소 글이 거칠고 문장이 다듬어지지 않은 점, 일반 독자들이 이해하기에는 개념의 나열이 다소 많은 점 등은 아쉬웠지만, 이 글의 장점을 가릴 만한 정도는 아니었다. 아무쪼록 앞으로도 독서와 서평을 통해 현실을 개선하고자 하는 평자의 정열이 계속될 수 있기를 기원한다. —— 김두얼

김회연의 「사랑은 눈 감고: 고명재론」은 좋은 의미로 '징그럽게' 느껴질 만큼 능숙하다. 풀 때는 풀고(조심스럽게 분석하고) 조일 때는 조이면서(경쾌하게 단언하면서) 진행되는 글이라 큰 수고 없이 함께 일렁이다 보면 글이 끝나 있다. 그런데 이 글이 유려한 '고명재론'이기는 해도 좋은 '서평'이기도 할까. 이 글에서 필자와 저자는 (가끔 롤랑 바르트를 초대하기는 하지만) 거의 둘만 존재하는 공간에서 내밀한 대화를 나눈다. 문단에서는 이런 글이 문예지 '서평' 코너에 실리지만 일반적으로 출판계가 '서평'이라고 분류하는 글에서는 유사한 책들의 그룹 속에서 그 책이 갖는 의의, 즉 책의 '맥락적 가치'에 대한 고려가 필수적이다. (이는 결국 좋은 평문의 조건이기도 하다.) 필자가 빼어난 필력으로 이 한계조차 돌파해 버리기는 했지만 말이다. 그의 후속 활동에 기대를 걸지 않을 수 없다. —— 신형철

오병현·유희선·조연재는 「문화기술지가 사회비평 도서로 기획될 때 참고하게 될 영원한 레퍼런스」를 통해 강지나의 『가난한 아이들은 어떻게 어른이 되는가』에 대한 서평을 썼다. 빈곤이 사회 구조의 문제로 포착되기 이전에 개인으로서 경험하게 되는 문제인

만큼 그것을 연구하는 데 있어 당사자성의 중요성을 강조해 다루었다. 사회비평 또한 전문성과 더불어 진정성이 투영되었을 때 대중의 마음을 열 수 있음을 지적하며, '지극히 개인적인 이야기가 어떻게 사회적인 이슈가 되는지' 밀도 있게 분석했다. 공감과 연민은 문제에 대한 올바른 앎과 부지런함이 담긴 의지에 달려 있음을 전하기 위해 한 권의 책을 성실하고 치열하게 톺아 나간 흔적이 여실히 묻어난다. 글의 이곳저곳에서 같은 논의가 몇 차례 반복되는 느낌이 있는 것은 세 명이 함께 썼기 때문일까. ── 정우현

이두은의 「무위의 계보학」은 제니 오델의 『아무것도 하지 않는 법』이 '관심경제'에 포박된 우리에게 얼마나 시의적절한 책인지 실감하게 만드는 데 성공했다는 점에서 좋은 서평의 요건을 넉넉히 갖췄다. 특히 높이 평가할 대목은 책의 얼개를 그저 따라가기만 하는 단순 요약을 피하기 위해 노력했다는 점이다. 필자는 저자가 제시하는 실천 전략인 'Do Nothing'을 노자의 '무위(Non-action)' 개념과 (본인의 표현을 따르자면) "상호 참조적"으로 읽는다. 이 선택이 서평의 구조를 평면에서 입체로 끌어올렸다는 점을 부정할 수 없을 것이다. 그러나 필자 자신도 짚었듯이 두 개념의 맥락은 분명히 다른데, 필자가 공언한 '상호 참조'가 두 개념의 공통점을 주로 짚는 쪽에 할애돼 있어서, 두 개념의 차이를 더 적극적으로 짚을 때 발생했을 지적 유익을 다소 아쉬운 마음으로 가늠하게 만들기도 했다. ── 신형철

한선규는 「울창한 이해와 느낌을 나란히」를 통해 캐럴 계숙 윤의

책 하나의 사건

『자연에 이름 붙이기』에 대한 서평을 썼다. 현대 사회에서 그 지배력을 점점 더 넓혀 가고 있는 논리와 이성, 그리고 객관성을 바탕으로 한 과학적 방법론이 인간 고유의 경험과 감각뿐 아니라 자연 생태계 전반을 향한 일종의 폭력으로 작용할 수 있음을 지적한 저자의 의도를 자신만의 눅진한 언어로 재해석했다. 자연을 분류하는 학문의 역사를 서술하고 거기 관여한 과학자들의 고뇌와 흥망성쇠를 풀어 가는 단조로운 서사임에도 자연의 일부로서 인류가 지켜야 할 보편의 과제에 대한 성찰을 충분히 서정적이고도 문학적인 방식으로 전달할 수 있음을 보여 주었다. 느긋하면서도 날카로운 문장의 맛이 인상적이다. 옴벨트를 향한 저자의 극단적 애정에 대한 비판적인 시각이 부족한 것은 다소 아쉽다. ── 정우현

책 하나의 사건

1판 1쇄 발행 2025년 5월 10일

지은이   김도형, 강우근, 강진용, 김회연, 오병현, 유희선, 조연재, 이두은, 한선규
디자인   정재완
펴낸이   조영남
펴낸곳   알렙

출판등록 2009년 11월 19일 제313-2010-132호
주소   경기도 고양시 일산서구 중앙로 1455 대우시티프라자 715호

전자우편 alephbook@naver.com
전화   031-913-2018
팩스   031-913-2019

ISBN 979-11-89333-94-2 (03800)